KB253097

THE RECORD OF RETURNER
현중 귀환록

FUSION FANTASTIC STORY
푸른 하늘 장편 소설

천중 귀환록 7

푸른 하늘 장편 소설

초판 1쇄 찍은 날 § 2012년 4월 24일
초판 1쇄 펴낸 날 § 2012년 4월 30일

지은이 § 푸른 하늘
펴낸이 § 서경석

편집부장 § 권태완
편집책임 § 박우진
디자인 § 이혜정

펴낸곳 § 도서출판 청어람
등록번호 § 제1081-1-89호
등록일자 § 1999. 5. 31
어람번호 § 제1-1372호

주소 § 경기도 부천시 원미구 심곡2동 163-2 서경B/D 3F (우) 420-822
전화 § 032-656-4452 팩스 § 032-656-4453
http://www.chungeoram.com
E-mail § chungeoram@chungeoram.com

ⓒ 푸른 하늘, 2011

ISBN 978-89-251-2850-4 04810
ISBN 978-89-251-2696-8 (세트)

THE RECORD OF RETURNER

현중 귀환록

7

아틀란티스 탐험대

푸른 하늘 장편 소설

FUSION FANTASTIC STORY

CONTENTS

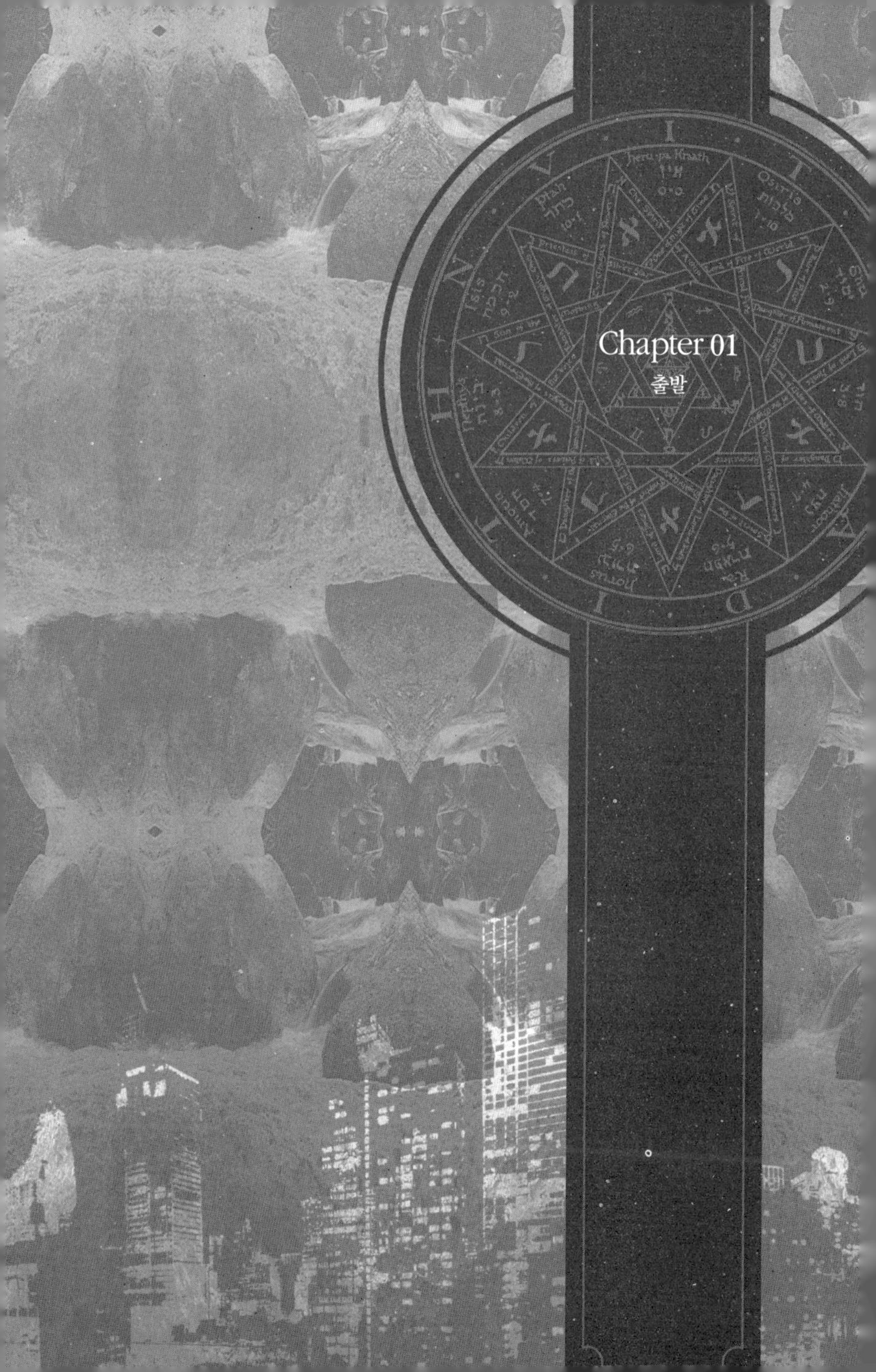

Chapter 01
출발

화창한 날씨가 가장 먼저 현중을 반겨주는 듯했다.

"가죠."

현중의 한마디에 간편한 복장과 반대로 자기 덩치만 한 크기의 배낭을 둘러메고 있는 마리아는 가뿐하게 발걸음을 옮겼다. 하지만 마리아 옆에 있던 베이스퍼는 지금 아틀란티스 탐험의 인원이 맘에 들지 않는 듯,

"그런데 정말 이렇게 적은 인원으로 갈 건가?"

현중을 향해 한마디 하자 마리아가 대답했다.

"스승님, 어차피 많이 가봐야 적국의 이목만 집중시킬 뿐

이에요. 그리고 솔직히 스승님과 저, 그리고 현중 씨, 거기다 알렉산드로 씨와 다섯 명의 용병이면 충분하지 않나요?"

그렇다. 지금 아틀란티스 탐험을 가기 위해 움직이는 인원이 겨우 아홉 명인 것이다.

물론 아홉 명의 숫자에 마스터가 두 명, 마이스터가 한 명, 무력 측정 불가 한 명이 있지만 누가 봐도 그냥 낚시 여행하러 가는 사람들로 보이기에 충분했다.

물론 탐험선 안에는 따로 기술자와 전문가들이 있긴 하지만 실질적인 무력을 행사하는 사람은 아홉 명이었다. 그런데 그중 다섯 명이 용병이라는 게 이상하게 베이스퍼의 심기를 건드리는 것이다.

"차라리 내 제자들을 미국에서 부르는 게 낫겠군."

노골적으로 용병이 싫다고 내색하는 베이스퍼의 모습에 마리아는 어색하게 웃기만 했다.

베이스퍼가 이렇게 용병을 싫어하는 데는 모두 이유가 있었다. 특히 전쟁용병을 싫어하는 이유는 그들이 돈만으로 움직인다는 것과 믿을 수 없다는 것을 제쳐 두고서라도 어떤 변수가 될지 알 수 없는 불안 요소라는 것 때문이다.

그리고 마리아가 그걸 모를 리도 없는데 버젓이 용병 다섯 명을 일행으로 포함시킨 것에 대한 불만을 애꿎은 용병들에게 화풀이하고 있었다.

　현중도 용병을 다섯 명 고용해서 모두 아홉 명의 탐험원을 꾸린다는 마리아의 말을 처음 들었을 때 놀라기보다 마리아 정도의 사람이 왜 그런 선택을 했을까 하는 생각이 들었다. 현중은 대륙에서 용병의 활용도가 얼마나 높은지 이미 잘 알고 있기에 베이스퍼처럼 자신의 기준에 따라 좋고 싫음을 판단하지 않았다.

　다만 문제는 용병이 이번 아틀란티스 탐험에 얼마나 도움이 될지 모른다는 것이다.

　용병이 예측할 수 없는 변수라는 베이스퍼의 의견에 현중도 어느 정도 동감하고 있었기 때문이다.

　하지만 마리아는 단호하게 한마디 했다.

　"제가 등을 맡길 수 있는 사람들입니다."

　그 한마디에 베이스퍼는 결국 납득을 했다. 현중은 마리아가 등을 맡길 수 있는 사람들이 용병이라는 데서 오히려 호기심이 생겼다. 대륙에서도 그렇고 용병에게 등을 맡기는 기사는 아직 본 적이 없다. 그런데 귀족이 등을 맡긴다? 어림도 없는 일이다.

　그런데 마리아는 1초의 생각도 하지 않고 다섯 명을 팀원에 포함시킨 것이다.

　사실 마리아가 용병을 포함시킨 데는 나름대로 이유가 있었다.

아틀란티스의 탐험은 국가적인 일이다. 당연히 영국 여왕의 도움이 절실히 필요했다. 하지만 여왕은 데이비드를 팀에 포함시키길 원했다.

물론 그냥 눈감고 데려갈 수도 있다. 하지만 아무리 생각해 봐도, 비록 방계라고 해도 데이비드는 여왕의 핏줄이다. 수많은 적이 노릴 수도 있는 이번 탐험에 겨우 검 하나 휘두를 줄 아는 데이비드를 데리고 간다? 그건 미친 짓이었다.

결국 마리아는 여왕에게 다시 찾아가 담판을 지으려 했다. 그 결과, 여왕의 심술인지 모르지만 데이비드를 데리고 가지 않으면 도움을 줄 수 없다고 한 것이다.

누가 봐도 명백히 여왕이 고집 부린다고밖에 할 수 없는 상황이다.

"정말 데이비드 경을 탐험 인원에 포함을 시켜야겠습니까?"

마리아의 굳은 얼굴을 본 여왕은 아무것도 모른다는 듯 표정을 지으면서,

"어차피 사전 탐험이지 않나요? 그렇다면 데이비드를 데리고 가도 상관없을 텐데……."

"여왕 폐하께서도 아시지 않습니까. 이번 탐험에 일본과 중국, 거기다 러시아와 미국까지 신경을 곤두세우고 있다는

것을 말입니다. 위험합니다. 거기다 만약에 데이비드 경이 인질이 되면 최악의 상황까지 벌어질 수 있습니다."

"……."

여왕은 데이비드가 인질이 될 수 있고 그 때문에 최악의 상황이 일어날 수 있다는 이야기에 표정이 굳어졌다.

영국도 세계 여느 나라와 마찬가지로 테러에 대한 협상은 절대로 없었다. 한번 협상을 하기 시작하면 꼬리에 꼬리를 물고 또 다른 테러가 생길 것은 불 보듯 뻔하기 때문이다.

문제는 만약에, 정말 만약에 데이비드가 인질로 잡히는 상황이 벌어지면 그때 마리아가 취할 행동은 오직 하나라는 것이었다.

"데이비드를 죽일 수도 있다는 말이군요, 바로슈 백작."

낮은 듯 찬바람이 불 만큼 차가운 목소리로 여왕이 말하자 마리아는 고개를 끄덕였다.

오리하르콘과 데이비드의 목숨, 비교 자체가 불가했다. 거기다 마리아는 적을 상대로 한 번이라도 물러서면 끝없이 물러설 수밖에 없다는 것을 잘 알고 있고, 그런 마리아의 성격을 여왕도 잘 알고 있기에 한 말이었다.

"데이비드를… 백작이 받아들일 순 없나요?"

여왕이 마리아에게 데이비드가 남자로서 어떠냐는 것을 노골적으로 물었다.

"저에게는 왕가의 핏줄, 그것뿐입니다."

마리아 또한 지지 않겠다는 듯 무미건조한 목소리로 말하자 여왕이 이번에는 어쩔 수 없이 물러서기로 한 모양이다. 솔직히 마리아와 베이스퍼가 있는 파티에서 데이비드가 위험에 처할 확률은 극히 적긴 했다. 하지만 그들도 인간인 이상 어떤 상황이 벌어질지 알 수가 없다.

거기다 왕가의 핏줄인 데이비드가 파티원에 포함되어 있다? 누가 봐도 좋은 인질감이었다.

거기다 만약에 데이비드가 인질이 되면 그 순간, 데이비드는 죽는다. 그것도 인질범의 손이 아닌 마리아의 손에 말이다.

"여왕 폐하."

"…선대 바로슈 백작과 성격이 판박이군요, 그대도."

여왕은 저 고지식한 면이 좋긴 하지만 때론 이렇게 일을 어렵게 만드는 것 때문에 곤란할 때도 많았다. 특히 마리아의 부모는 자신의 사랑은 자신이 관철시킨다는 생각으로 과감하게 왕가의 핏줄이 아닌 사람과 결혼을 해서 여왕의 빈축을 샀던 인물이다.

하지만 딸 또한 그 아버지 못지않으니 여왕으로서는 참으로 답답할 뿐이었다.

"좋아요. 우선 데이비드는 이번 탐험 인원에서 빼세요."

"소신의 의견을 들어주신 것, 감사드립니다, 여왕 폐하."

"하지만……."

여왕은 결국 한발 물러섰다. 왕가의 자손이 인질이 된다는 것은 국가적인 망신이기도 하니 어쩔 수 없었다. 하지만 이대로 물러설 수는 없는 법이다. 여왕의 성격을 생각하면 너무 쉽다고 생각했지만 역시나 말꼬리를 잡았다.

"이번에는 정말 정보가 맞는지 사전 탐험을 하는 거라고 했으니 국가에서 지원은 하지 않겠어요."

"폐하……."

"그대가 말했죠? 사전 탐험라고. 정말 아틀란티스가 그곳에 있는지 알아보고 나서 2차로 영국 해군을 동원해서 발굴한다고 하지 않았나요?"

설마 여왕이 저런 식으로 나올 줄은 몰랐는지 마리아는 미간을 찡그렸지만 어쩔 수 없었다.

최소한 자신의 손으로 데이비드를 죽여야 하는 최악의 상황은 무조건 피해야 하기 때문이다. 자국의 귀족 손에 왕가의 핏줄이 죽임을 당한다. 이건 구설수를 떠나서 바로슈 가문과 영국 왕실의 눈치를 보던 다른 녀석들에게는 좋은 먹잇감이다.

바로슈 가문이 가진 권력과 재력, 거기다 정보부를 주무르는 능력까지 생각해 볼 때 아무리 자국이지만 적이 없다면 이

상한 일이다. 아직까지는 마리아가 국가 공인 마스터라는 위
치에 있어서 숨을 죽이고 있지만 언제 뒤에서 비수를 꺼내 들
지 모르는 게 바로 정치다.

"알겠습니다."

"물러가세요."

여왕은 기분 나쁜 듯 일어서 나가 버렸고, 마리아는 한숨을
쉬면서 여왕의 뒷모습을 바라보았다.

'폐하, 정말 바로슈 가문을 믿지 못하는 것입니까.'

마리아는 여왕이 왜 저러는지 너무나 잘 알고 있지만 그걸
받아들이기가 싫었다. 정략결혼, 이건 당하는 입장이 되어보
지 않으면 절대로 모르는 일이다.

단순한 정략결혼도 아닌, 왕가의 며느리로 들어가는 것이
다. 그건 어릴 때부터 기사 수업을 쌓아 자신만의 위치를 스
스로 만들어낸 마리아에게는 창살 없는 감옥이나 다름없다.

사랑하지도 않는 남자의 아내로 살 생각은 추호도 없기에
이렇게 여왕과 부딪치더라도 거절할 수밖에 없는 것이다.

여왕의 허락이 없이는 아무리 마리아라도 MI—6의 대원들
을 차출할 수 없었다. 공식적으로 여왕의 재가가 떨어져야 하
기 때문인데, 여왕이 그걸 거절했으니 말이다.

상황이 이렇게 되자 결국 마지막까지 부르지 않으려고 했
던 다섯 명의 용병을 부른 것이다.

"바텐, 그릴, 로인, 마틴, 벨, 와줘서 고마워요."

마리아가 자신의 갑작스런 호출에도 만사 제쳐 두고 와준 다섯 명의 용병을 반갑게 맞았다. 각자 씨익 웃으면서 손으로 간단하게 인사했다.

"별말씀을. 용병의 약속은 그 무엇보다 중요한 법인 것을. 그렇지, 다들?"

가장 연장자로 보이는 바텐이 흘깃 옆을 보면서 말하자 다들 고개를 끄덕였다.

"섭섭한 소리 하지 말고, 그보다 아가씨가 직접 호출할 정도면 중요한 일이겠지?"

바텐의 옆에 있던 그릴의 말투가 귀족을 대하는 예의는 아니지만 마리아는 별 상관 없는 듯했다. 다른 용병들도 훨씬 전부터 마리아와 서로 아는 사이인 듯 친근한 모습이다.

마리아는 그릴에게 슬며시 다가가서는,

"무덤까지 가지고 가야 할 일이죠, 이번 일은."

"흠, 아가씨 입에서 그런 말이 나올 정도면… 재미있겠군."

오히려 활짝 미소를 보이는 그릴을 보고 마리아도 그럼 그렇지 하는 얼굴로 웃었다.

이들은 마리아가 어릴 때부터 본 사람들로, 전대 바로슈 백작인 마리아 부친과의 인연으로 알게 된 사이였다.

일반적으로 전쟁이 터지면 국가는 자신의 군대를 동원하

는 게 일반적이다. 그리고 전쟁이 어느 정도 마무리가 되면 그때부터 용병의 일이 시작된다.

전쟁이 막 끝난 나라는 치안이 어지럽고 반란 세력이 있게 마련이다. 그런데 그런 소소한 싸움에 나라에서 자신의 군인들이 목숨을 잃는 걸 원할 리 없다. 당연히 그럴 때는 전쟁용병을 고용하는 게 거의 정설로 정해져 있었다.

그중에서 특히 스위스 용병은 용병 중에서 알아주었다. 바티칸에서는 그곳을 지키는 모든 군인을 스위스 용병으로 100% 채워 넣고 있기도 했다.

용병의 약속이라는 말은 바로 그 스위스 용병에게서 나온 말이다.

스위스는 지금이야 선진국이지만 중세시대만 해도 빈곤국 가운데 하나였다. 오죽하면 용병으로 일을 해서 그 돈으로 가족을 먹여 살리겠는가. 소위 말하는 목숨을 팔아서 먹고사는 국가가 바로 스위스였다.

하지만 신의 하나만큼은 목숨만큼 중요하게 생각했고, 계약을 하는 순간 자신의 목숨을 계약자에게 맡겼다. 가장 유명한 것이 프랑스 혁명 시절, 왕실의 군인조차 창을 버리고 도망갔을 때 마지막까지 시민혁명군을 상대로 왕족을 지켰던 사람들이 바로 스위스 용병이었다.

시민혁명군이 스위스 용병을 보고 이런 말을 했다.

“그대들은 아무런 상관도 없으니 조용히 물러난다면 우리도 건
드리지 않겠다.”

하지만 그 말을 들은 스위스 용병은 단호하게 말했다.

“지금 내가 여기서 계약을 어기고 도망간다면 나중에 우리 자
손들이 어떻게 용병 일을 해서 가족을 먹여 살리겠는가.”

그리고 그들은 끝까지 왕족을 호위했다.
그 말에 감명 받은 시민혁명군도 최대한 잔인하지 않게 스
위스 용병과 싸웠고, 스위스 용병의 시체만 따로 모아 고국으
로 돌려보내 줬다고 한다.
그렇게 태어나게 된 것이다, 목숨보다 신의를, 자신보다 자
신의 후대를 위해 약속을 목숨처럼 여겼던 그들이.
또 다른 용병의 약속과 관련된 유명한 일화가 있는데 그곳
이 바로 바티칸이었다. 바티칸은 신을 모시는 곳이라 사사로
이 군대를 가질 수 없는 특이한 곳이었다. 그래서 세계 각국
의 용병을 고용해서 바티칸을 수호했는데, 한 번은 로마가 바
티칸을 침범한 적이 있었다. 그때 약속이나 한 듯 모든 용병
이 도망을 쳤다고 한다.

하지만 끝까지 남아서 교황을 지킨 사람들이 있었으니, 바로 스위스 용병들이었다.

바티칸에 남아 있던 스위스 용병 전원이 몰살당하는 상황에도 끝까지 교황을 지켰던 충성과 신의에 감동받은 바티칸은 그 후로 스위스 용병만 줄곧 고집하고 2,000년이 지난 지금도 바티칸은 오직 스위스 용병만 무기를 가지고 드나들 수 있는 영광을 부여받은 것이다.

그런 스위스 용병들은 자신의 목숨을 구해준 적이 있는 전대 바로슈 백작과의 약속을 지켜왔고, 그 약속이 마리아에게 이어져 지금 이 자리에 있었다.

"어차피 이제 용병을 은퇴할 나이라서 말이야. 안 그래?"

바텐의 농담 같은 말에 다들 웃으면서,

"이왕 은퇴하는 거 화려하게 은퇴하고 좋지, 뭐. 안 그래?"

"크크큭, 그래, 남자라면 뭔가 화려하고 스케일이 크게 놀아봐야지."

마리아가 분명 목숨을 잃을 수도 있다고 미리 말했지만 이들 용병들은 전혀 개의치 않는 듯했다. 평생을 그렇게 살아온 이들이기에 어쩌면 당연한 일이었다.

마리아가 잠깐 지난 며칠을 회상하고 있던 사이, 용병들이 각자의 위치를 찾아 흩어졌다. 현중이 그녀에게 다가왔다.

“마리아 씨.”

“네?”

“메로우는 어디 있죠?”

그러고 보니 지금 이 배 어디에서도 메로우의 흔적을 찾을 수가 없었다. 기감 영역을 펼쳤지만 감지되지 않았다.

“후훗.”

마리아는 현중의 질문에 웃으면서 손가락을 펴서 바다 쪽을 향했다.

“설마?”

“네, 인어가 가장 안전한 곳은… 당연히 바다겠죠?”

장난스러운 마리아의 미소에 현중도 웃었다.

“그렇군요. 인어에게 가장 안전한 곳은 바다죠.”

현중도 미처 생각지 못한 것까지 마리아는 이미 계획하고 지금 움직인 것이다.

“그리고 이 배는 스텔스 기능이 있어요.”

마리아의 말에 현중이 배를 한번 살펴보고는 씨익 웃었다. 탐험선답게 각종 첨단 장비가 있고 무게도 60톤이 넘어 보이는 배 전체가 스텔스 기능이 있다는 말은 이 배의 모든 곳에 스텔스 도료를 칠했다는 말이다.

스텔스 비행기 한 대 가격을 생각하면 지금 현중이 타고 있는 이 배의 가격은 상상을 초월했다.

"하지만… 위성은 저희도 어쩔 수 없어요."

"흠……."

그렇다. 스텔스 기능으로 레이더는 무사통과하지만, 감시 위성까지는 속일 수 없었다.

"그래서 인원을 최대한 적게 구성한 거예요."

"……?"

위성 추적과 인원 구성을 최대한 적게 한 것이 무슨 상관이 있는지 현중은 이해가 가질 않았다.

"여차하면 저기 옆에 보이는 고속정으로 도망가야 하거든요."

마리아가 가리킨 것은 탐험선 뒤에 매달려 있는 웬만한 요트 크기의 고속정이었다. 엔진이 무려 네 개가 달려 있는 녀석이다.

"물위에서 80노트까지 달리는 저거면 위성이 아무리 추적해도 어느 정도 피하는 것이 가능하니까요."

지금 마리아는 위성 추적을 가장 걱정하고 있는 중이었다. 국가적으로 돈을 들이붓는 것과 같을 정도로 엄청난 돈이 들어가지만 위성을 무조건 쏴 올리는 이유가 바로 이것이다.

정보의 점유율.

현대에서 정보란 곧 무기이고 칼이자 방패다. 특히 이번 오리하르콘 같은 경우 그 정보의 가치는 어마어마하다. 당연히 현재 현중이 서 있는 머리 위에 위성들이 떠다니면서 실시간 감시하고 있을 것이 뻔했다.

"역시 귀찮은 건 질색이지."

현중은 마리아의 말을 듣고 가만히 생각해 보니 위성 감시만큼 골치 아픈 게 없어 보였다. 혼자라면 얼마든지 문제될 게 없지만 커다란 배가 움직이면 아무래도 감시의 눈길을 피할 수 없게 마련이다. 하지만 현중은 오히려 웃으면서,

"그냥 위성에서 감시를 하지 못하게만 하면 되겠군요."

"네?"

"제가 감춰 드리죠. 세상의 그 어떤 감시의 눈길에서도 말이죠."

"……."

마리아는 현중의 확신에 찬 말에 도대체 무슨 방법으로 이 커다란 탐험선을 위성 감시의 눈길에서 자유롭게 해줄지 궁금했다. 아니, 궁금하면서도 호기심이 생겼다고 해야 할 것이다.

언제나 상식 밖의 능력을 보여준 현중이 아니던가.

"정확하게 위성 감시로부터 사라져야 할 때가 언제죠?"

"이왕이면… 음……."

부스럭부스럭.

마리아는 주머니에서 지도를 꺼내더니 한곳을 가리켰다.

"본래는 이곳 해협을 따라가면서 위성의 감시를 최대한 피할 생각이었어요. 이곳은 바다 안개가 자주 피어올라 위성의 감시를 피하기에는 딱이거든요. 옛날에는 죽음의 해협이었죠. 지금이야 레이더와 여러 가지 장치가 많아서 안개는 크게 문제가 되진 않지만."

"음, 그럼 안개를 벗어나기 전에 제가 하늘 위 위성으로부터 자유롭게 해드리죠."

그 말을 끝으로 현중은 조용히 탐험선 안으로 들어가 버렸다. 마리아는 멍하니 그런 현중을 바라볼 수밖에 없었다.

"…도대체 무슨 수로 위성 감시를 벗어나겠다는 거지? 초고성능 카메라로 땅 위의 사람 얼굴까지 식별 가능한 것이 현재 감시 위성인데."

영국에도 네 개 정도 비밀리에 운영하는 감시 위성이 있었다. 미국도 있고 중국과 일본도 이미 비밀리에 위성을 가지고 있었다. 러시아는 우주정거장까지 운용하고 있으니 더 이상 무슨 말이 필요하겠는가.

하지만 그런 생각은 오래가지 못했다. 마리아는 현재 탐험선의 책임자다. 물론 배를 운행하는 선장은 따로 있고 선원도 따로 있지만 모든 결정권을 가진 사람은 마리아였기에 곧 출항 준비를 하기에 정신없이 바빴다.

＊　　　＊　　　＊

“결국 맘대로 움직였나 보군.”

여왕은 한숨을 쉬면서 거울을 보더니 혼잣말하듯 했다. 그런데 그런 여왕의 뒤에서 대답이 들렸다.

“네. 하지만 저희 도련님도 쉽게 포기하실 분이 아닌 것을 여왕 폐하께서도 잘 아시지 않습니까.”

“후훗. 그렇지. 데이비드가 그렇게 허약한 녀석이 아니니까. 그보다 녀석들의 움직임은?”

여왕은 뒤를 돌아보지 않았지만 눈빛이 날카롭게 변했다.

“각국의 움직임은 이미 저희 손바닥 안에 있습니다. 하지만 언제나 변수가 있게 마련이지요.”

여왕의 물음에 대답한 녀석은 뭔가 뒷맛이 구린 듯 말하면서 말끝을 흐렸다.

“그걸 바라는 것 같군.”

“후후훗, 저희는 언제나 왕실의 안녕과 대영제국의 번영을 위해 일할 뿐입니다.”

“가봐. 가서 너희들의 능력으로 데이비드만큼은 살려서 데려와.”

여왕의 차가운 말에도 녀석은 아주 부드러운 목소리로,

“여왕 폐하, 왕명을 받겠습니다. 그럼 이만……”

처음부터 모습을 드러내지 않은 녀석은 그렇게 조용히 사라져 버린 것처럼 보였다. 여왕은 한참이나 조용히 거울을 통해 자신의 얼굴만을 바라보고 있었다.

그러다 거의 20분이 흘러서야 한숨을 쉬더니,

"결국 그들의 힘까지 빌려야 할 만큼 내가 약해진 것인가."

영국 왕실의 최후의 보루로 알려진 그들이 움직였다는 것은 그만큼 이번 오리하르콘의 일에 국운을 걸었다고 해도 과언이 아니라는 반증이다.

그런데 이상한 것은 여왕이 오리하르콘이 아니라 데이비드를 살려서 데려오라는 명령을 내렸다는 것이다.

"뭐… 자신의 운명을 안다면 데이비드 녀석도 그리 쉽게 죽을 녀석이 아니지."

여왕은 그들이 어둠 속에서 데이비드를 호위하면 웬만해서는 죽지 않을 것이라는 것을 잘 알고 있었다. 다만 만약이라는 것 때문에 완전히 걱정을 떨쳐 버리지 못했을 뿐이다.

"나도 늙었군, 늙었어. 그래, 늙으면 사람은 약해지는 법이지."

인생 말년에 뭔가 이상하게 일이 풀리지 않는 것에 여왕은 자신의 능력이 없음을 후회했지만 뒤돌아볼 순 없었다. 그러기에는 이제 남은 시간이 얼마 남지 않았기 때문이다.

한편 여왕의 방에서 사라진 녀석은 영국 왕실이 저 멀리 내려다보이는 산 중턱에 모습을 드러냈다.

"크크큭, 100년간 찾지 않던 우리를 찾는 것을 보니 어지간히 늙은이가 애가 닳았나 보군."

"나도 그렇게 생각하는데……."

나무의 그늘이 살짝 흔들리더니 온몸의 피부가 푸른색이고 눈동자까지 푸른색인 건장한 남자가 모습을 나타냈다.

"마을에서 파견 나온 건 너와 나 둘뿐인가?"

녀석이 뒤에 나타난 푸른 피부의 남자를 향해 말하자,

"그런 셈이지. 그보다 이제 그만 움직일까?"

"그래야지. 데이비드 도련님이 우리의 사정권 안에 있어야 하니까."

녀석은 그렇게 말하고 나서 푸른 피부를 가진 남자의 곁에 가서 어깨에 손을 얹고는 싱긋 웃었다.

"가볼까?"

스팟!

녀석의 말이 끝나자마자 마치 그림에서 지워지듯 녀석과 푸른 피부를 가진 남자는 사라져 버렸다. 얼핏 보면 현중의 축지법과 비슷해 보이기도 했지만 그냥 사라지는 현중과 달리 녀석들은 지워지는 것 같다는 점이 약간 달랐다.

*　　　*　　　*

"출발!!"

선장의 한마디에 드디어 아틀란티스 탐험선은 항구를 서서히 벗어나기 시작했다.

"선장님, 계획대로 아시죠?"

마리아가 선장에게 한마디 하자 고개를 끄덕인 선장은 곧바로 안개가 피어오른 쪽을 향해 망설임없이 배의 방향을 틀었다. 항구를 떠난 탐험선은 20분도 되지 않아 자욱한 바다 안개 속으로 사라져 버렸다.

"바다 안개라……. 참 신기하지?"

—네, 마스터. 대륙은 어떤 이유인지 바다 안개가 잘 생기지 않아서 저도 실제로 안개 속을 들어와 보기는 처음입니다.

현중과 테른은 배의 가장 높은 곳이라고 할 수 있는 관측 망루에 올라와 있었다.

"테른, 알아본 결과는?"

—바로슈 백작의 말대로 이미 열여섯 개의 위성이 항구에서 탐험선이 떠나 안개 속으로 사라질 때까지 감시하고 있었습니다.

"크크크큭, 그래? 가만히 있다가 우리가 오리하르콘을 찾아내면 뒤통수를 치겠다는 뜻이로군. 아니면… 그만큼 빼앗을 자신이 있다는 말이거나 말이지."

현중이 아니라도 지금의 상황은 누구나 예상할 수 있는 시나리오이다. 인어를 보유한 영국이 아틀란티스 탐험선을 움직였다? 이건 당연히 오리하르콘을 찾으러 가는 것이 확실하다. 하지만 방해나 그런 것을 예상한 모두의 생각과 달리 각국은 움직이지 않고 감시 위성을 총동원해서 우선 지켜보기로 한 것이다.

보기에 따라서는 얄팍한 수법이지만 능률적으로 보면 확실히 감시 위성으로 조용히 지켜보다가 중요한 시점에 가로채거나 뒤통수를 치는 것만큼 성공 확률이 높고 효율적인 작전은 없다.

물론 그들이 전혀 관심을 가지지 않고 있던 한 명의 인물로 인해 완전히 틀어지게 되겠지만 말이다.

"테른."

―네, 마스터.

"탐험선을 중심으로 전방 500m 정도 완전히 위성의 감시로부터 자유롭게 할 수 있는 방법을 따로 생각한 것은?"

―우선 몇 가지 방법이 있습니다. 첫 번째는 일루전 마법으로 바다와 동일한 색으로 감춰 버리는 방법이 있습니다. 하지만 그건 탐험선에 타고 있는 사람들도 혼란이 올 수 있기에 추천 드리지는 않습니다. 두 번째는 투명 마법이 있습니다. 하지만 이 정도 크기의 탐험선을 투명 마법으로 숨기려면 마

법진을 그려야 하는데, 이제 와서 그러기에는 이미 늦었습니다. 그리고 마지막으로 취할 수 있는 방법은 미러 마법을 이용하는 겁니다.

씨익~

현중은 테른의 입에서 미러 마법이라는 말이 나오자 입가에 미소를 보였다. 현중이 원하던 대답이 바로 테른의 입에서 나왔기 때문이다. 테른도 같이 웃었다.

—수식이 조금 복잡하고 각도를 잘 맞춰야 하는 까다로운 점이 있지만 반영구적으로 사용할 수 있고 마나의 소모도 거의 없다시피 하기에 전 미러 마법을 이용해서 탐험선을 하늘로부터 감춰 버릴 생각이었습니다.

"마술사의 기술 중 하나를 봤군."

현중이 나직하게 말하자 테른은 고개를 끄덕이면서,

—마법이 없는 이곳 지구에는 마술사라는 특이한 직업을 가진 사람들이 참으로 많았습니다. 그중에서 사라지는 마술을 하는 마술사들이 거울을 이용해서 인간의 눈을 속이는 것을 자주 확인했습니다.

"좋아!"

현중은 만족한 듯 하늘을 가만히 바라보다가,

"시작해야겠군. 곧 안개가 끝날 테니까."

—네, 마스터.

현중의 허락이 떨어지자 테른은 그대로 안개 속으로 녹아들 듯 사라졌다. 그리고 잠시 뒤, 탐험선 위로 마나의 눈을 각성한 현중만 볼 수 있는 마법진이 생겼다가 사라졌다. 또다시 뒤쪽에도 생겨났다가 사라졌다.

마치 탐험선을 반구형으로 감싸듯 수많은 마법진이 나타났다 사라지기를 반복했지만 그 시간은 불과 1분도 채 되지 않는 짧은 시간이었다.

스르륵.

—완료했습니다, 마스터.

"그래?"

아주 잠깐의 시간이지만 테른은 이미 어떻게 바다의 풍경을 반사시켜야 가장 확실하고 이상적으로 탐험선을 숨길 수 있는지 계산이 끝나 있었다.

테른이 거대한 탐험선을 위성의 감시로부터 숨기는 방법은 너무나 단순했다. 하지만 원리를 알면 무릎을 탁 치면서 누구나 감탄사를 내지를 것이었다.

그건 바로 일반적으로 마술사들이 가장 많이 쓰는 방법인, 거울로 사람 눈을 속이는 것이다. 어차피 감시 위성은 카메라로 감시하는 것이다. 그리고 그 카메라를 조종하는 것은 바로 인간의 눈이다.

이미 탐험선은 스텔스 기능이 있기에 레이더는 완전히 무시할 수 있다. 그저 주변의 출렁이는 바다 표면을 미러 마법으로 반사시키기를 반복하면, 결론적으로 탐험선을 중심으로 반경 500m는 아무리 하늘에서 내려다봐도 바다만 보이게 되는 것이다.

마술사가 사라지는 마술을 위해 거울 뒤에 숨는 것처럼 테른은 미러 마법으로 탐험선을 거대한 거울 안에 숨겨 버린 것이다.

그리고 미러 마법은 또 하나의 좋은 점이 있는데, 바로 밖에서는 아무리 봐도 안이 보이지 않지만 탐험선 안에서는 너무나 밖이 잘 보인다는 것이다.

마치 특수 거울처럼 말이다.

"이제 슬슬 바다 여행이나 즐겨야 하나?"

—제가 옆에서 보좌하겠습니다, 마스터.

"아니야. 넌 한국으로 가서 대동그룹을 잠시 움직여야겠어. 그게 그냥 무너지면 아직 안 되거든."

현중은 테른이 옆에서 수발을 들겠다는데도 단칼에 거절하고는 서서히 사라지는 안개를 바라보았다.

"테른, 왠지 때가 가까워져 오고 있다는 느낌이 들지 않아?"

—전… 잘 모르겠습니다.

"아니야. 왠지 이번 탐험에서 잘하면… 내가 꼭 찾아야 되는 존재를 만날 것 같은 느낌이 들어서 말이야."

―그건 오히려 행운이라고 생각합니다.

"아니면 불행이거나."

현중이 말하는 존재는 오직 한 사람, 치우천왕이었다. 치우천황무를 만든 종사이자 어떻게 보면 현중의 스승이기도 한 존재가 바로 치우천왕이다. 그리고 인간의 몸으로 신의 반열에까지 오른 존재이기도 했다.

한마디로 아직 인간인 현중과 이미 신에 오른 치우천왕과 싸우게 된다면 승률은 0%가 당연했다. 현중의 모든 힘은 바로 치우천황무에서 나오는 것이다. 그리고 그 치우천황무를 만든 것은 치우천왕이다. 안 봐도 뻔한 결말이 아니겠는가?

현중이 그걸 모를 리가 없다. 하지만 달리 방법이 없었다. 그를 찾아야만 하니 말이다.

"왠지 구린내가 난단 말이야."

―…….

현중의 말에 테른은 아무 말도 하지 않았다. 하지만 대충 테른도 현중이 방금 말한 것이 무슨 뜻인지는 알고 있었다.

"…차원자와 카일라제, 왠지 그 둘이 수상해."

―마스터께서 생각하시는 추론이 혹시 카일라제가 이곳 지구를 원한다는 것 아닙니까?

"맞아."

―역시…….

테른이 생각하기에도 가장 황당한 결론이었지만, 아무리 생각해 봐도 그런 결론밖에 나오지 않았다.

대륙에서 이미 주신의 자리에 있는 카일라제. 그가 왜 이곳 차원 너머의 지구에서 치우천왕과 현중 자신을 굳이 차원 이동을 하면서까지 불러들였을까?

물론 마족을 소탕해야 된다는 명분이 있었다. 하지만 그런 마족의 수작 또한 카일라제가 일부러 자신이 지배하는 대륙의 존재들의 균형을 위해서 하는 짓이 아니던가? 굳이 차원 너머의 사람을 불러들이지 않아도 자신의 능력으로 얼마든지 대륙에서 영웅을 만들어낼 수 있을 것이다.

많이도 필요 없었다. 영웅의 능력을 준 대륙의 인간 열 명만 있어도 충분히 마족을 몰아낼 수 있을 것이다. 마족은 신성력과 천기에 약한 약점이 있으니 말이다. 그냥 신의 무기 몇 개만 슬쩍 모른 척 내려줘도 충분하다는 결론을 현중은 내린 상태였다.

"그냥… 그 음흉한 카일라제 녀석이 굳이 차원 이동까지 하면서 나와 치우천왕을 대륙에 불러들인 것, 그리고 마족을 이용해서 불러들이는 명분을 만든 것도 석연치가 않아."

―하지만 마스터, 만일 카일라제가 대륙과 차원 너머에 있는 이곳 지구까지 자신의 능력 아래에 두기에는 너무 멀리 있

습니다. 그리고 주신의 능력은 자신이 주신으로 인정받은 그곳을 벗어나면 아무런 능력도 발휘하지 못합니다.

맞는 말이다. 주신이란 그 행성의 모든 것을 관장할 수 있는 권능을 가지는 것이다. 하지만 아무리 신이라도 한 번에 두 개의 행성을 관리하는 것은 불가능했다. 거기다 대륙과 지구는 차원의 벽을 사이에 두고 있기에 정말 말도 안 되는 결론일 수밖에 없다.

하지만 현중은 오직 하나, 굳이 왜 차원 너머의 치우천왕과 자신을 대륙으로 불러들였느냐 하는 것이 너무나 찝찝하기에 그런 결론을 내릴 수밖에 없었다.

"뭔가 있어. 나를 지구에 데려다준 차원자와 대륙에 있는 카일라제… 그 둘 다 뭔가 이상해."

차원자도 신에 속한다고 들었다. 아니, 신이었다. 다만 카일라제와 달리 여행을 하고 조화와 균형을 위한 능력에 특화되어 있다는 것이 조금 다를 뿐이다. 거기다 현중이 개인적으로 카일라제를 극도로 싫어하다는 것도 직감을 건드리는 이유라면 이유일 것이다.

"그보다, 테른."

―네, 마스터.

"그 녀석에게서 뭔가 알아낸 것은?"

현중이 말하는 그 녀석이란 바로 러시아에서 잡았던 마족이다.

　―어차피 노예로 부리던 녀석이라 쉽게 모든 것을 말했습니다만 별다른 정보는 없었습니다. 철저하다 싶을 정도로 점조직으로 움직이는 사이언톨로지에게 아귀들은 오히려 쓰다 버리는 부품과 같은 녀석들이었던 것 같습니다.

　"결국 다시 원점으로 돌아왔다는 거군."

　현중은 결국 또다시 원점으로 돌아갔다고 생각하고는 잠시 생각하는 듯했지만 테른은 그게 아닌 듯했다.

　―마스터.

　"……?"

　―원점으로 돌아간 것은 아닙니다.

　"왜 그렇게 생각하지?"

　―제가 말씀드린 것처럼 녀석들은 마계에 살던 노예인 아귀들입니다.

　말을 마친 테른의 입가에 미소가 슬쩍 번지자 현중도 뒤늦게 테른의 말뜻을 알아차렸다.

　"소환이란 거군. 그것도 차원 너머에 있는 대륙의 마계에서 소환된 녀석."

　―그렇습니다. 정확하게 대륙에서 저희 마족이 부리던 노예인 아귀였습니다.

　"……."

테른의 말에 잠시 뭔가 생각하던 현중은 뭔가 잡힐 듯 잡히지 않는 실마리가 계속 머릿속에 맴도는 듯한 느낌을 받았다.

"차원 너머 대륙의 마계에나 있는 마족이 지구에 나타났다는 말은……."

ㅡ차원자가 관계되어 있다는 결론밖에 나오지 않습니다.

"사이언톨로지… 도대체 뭐하는 녀석들이지?"

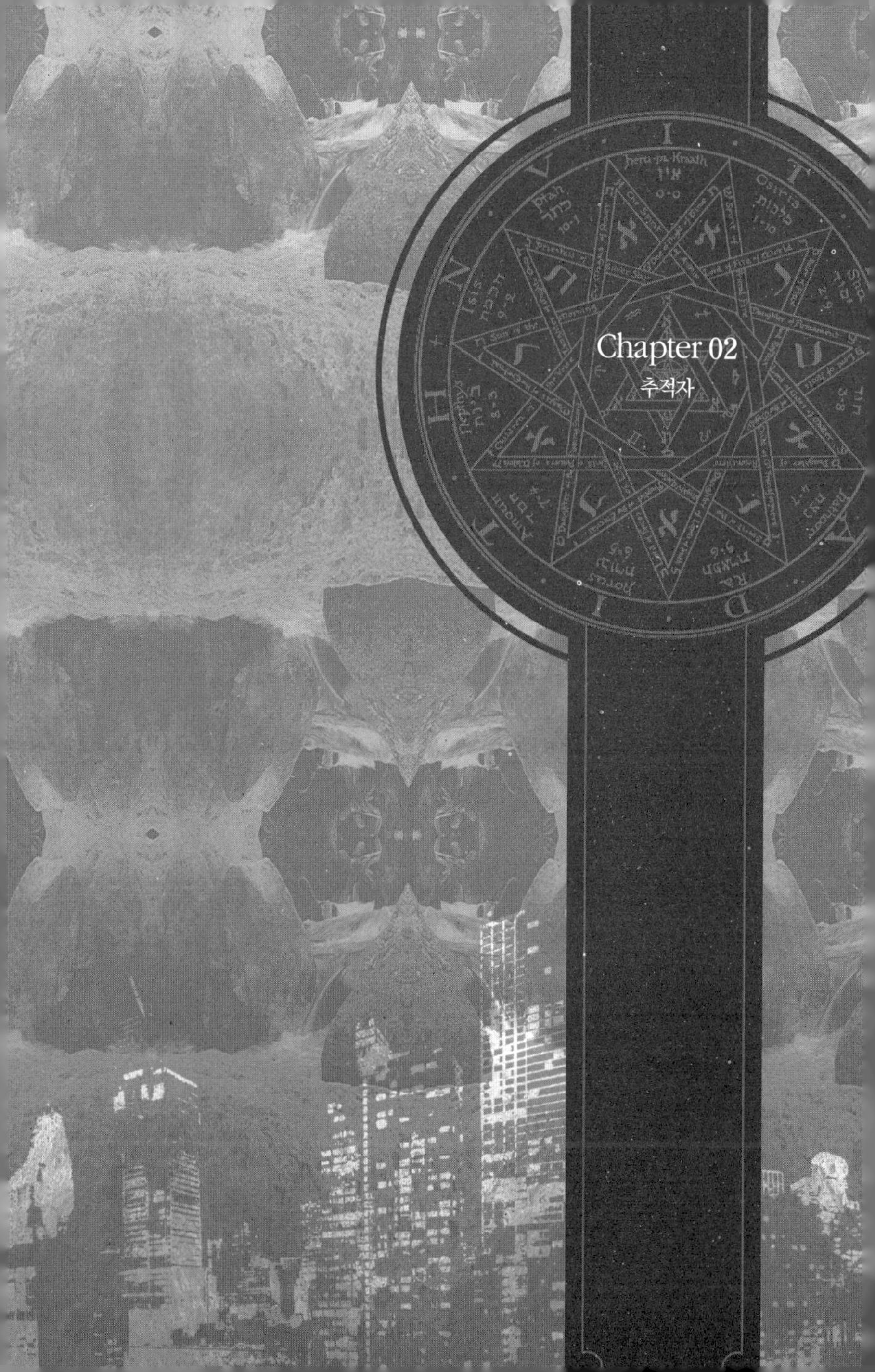
Chapter 02
추적자

"설마 설마 했는데……."

마리아는 안개를 벗어난 뒤 한 시간 이상 항해를 했는데도 전혀 위성에서 자신들을 볼 수 없는 것에 놀라고 있었다. 적국의 위성에만 보이지 않는 것이 아니라 MI—6에서 보유하고 있는 감시 위성으로도 현재 자신들의 탐험선을 전혀 찾아볼 수 없었던 것이다.

"도대체 어떻게 한 거예요?"

마리아는 물론 현중을 믿고는 있지만 이렇게까지 완벽하게 탐험선을 하늘의 위성으로부터 감쪽같이 감춰 버릴 줄은 예상하지 못했다. 감탄과 놀라움만 나타내고 있는 그녀였지만 현중은 그저 입가에 미소를 지으면서 작게 중얼거렸다.

"믿음에 대한 능력을 보여줘야 하니까요."

"……."

현중의 말에 마리아는 갑자기 얼굴을 붉히고는 슬쩍 고개를 돌렸다. 방금 현중이 말한 믿음에 대한 능력이라는 말에 현중도 자신이 믿고 있다는 것을 알아준다는 것을 알았기 때문이다. 언제나 마이페이스로 속을 알 수 없었던 현중이기에 가끔씩 이렇게 속내를 보여줄 때면 마리아도 가슴이 두근거리지 않을 수가 없었다.

스스로도 모르게 마리아를 상대로 밀고 당기기를 하고 있는 현중이었다. 본래 여심은 아주 사소한 것과 생각지 못한 것에 흔들리는 법이다. 특히나 마리아처럼 고지식한 사람은 그런 흔들림에 대한 면역이 약할 수밖에 없다. 자유롭게 연예를 하지 못했기 때문에 점점 더 현중에게 마음이 흔들릴 수밖에 없을 것이다.

"마리아 씨?"

"헛! 네, 현중 씨."

현중의 말에 잠시 자신만의 생각에 빠져 있던 마리아가 깨어났다.

"이제 슬슬 목적지를 알고 싶은데요?"

현재 탐험선에서 목적지를 정확하게 알고 있는 사람은 오직 마리아 하나뿐이다. 물론 현중이 물어봤다면 마리아가 알려줬을 것이다. 현중이라면 말이다. 하지만 현중은 솔직히 크게 관심이 없었기에 묻지도 않았다. 그래도 막상 출발하고 보니 궁금하긴 했다.

그래서 많이 늦었지만 물어본 것이다.

"트라이앵글이에요."

"트라이앵글?"

갑자기 생각지 못했던 단어가 나오자 잠시 생각하는 표정인 현중에게 마리아는,

"버뮤다 삼각지로 더 유명한 곳이죠."

"버뮤다 삼각지라……."

현중도 그렇게 자세하게 알지는 못하지만 버뮤다 삼각지라면 옛날부터 세계 7대 불가사의에 빠지지 않는 곳으로, 과학적으로 설명할 수 없는 여러 가지 현상이 일어나는 곳이다. 하지만 아틀란티스 대륙을 찾는데 거기는 위치상 좀 뭔가 많이 이상했다.

전설이나 모든 것을 따져 봐도 태평양 중간쯤으로 예상하는 것이 대부분이다. 아니, 우선 모든 것을 떠나서 아틀란티스 대륙은 호주에 세 배쯤 되는 엄청난 크기를 가진 곳이란게 플라톤의 기록에도 남아 있지 않던가? 하지만 버뮤다 삼각

지는 그 범위가 너무 작았다.

"현중 씨도 좀 이상하다고 생각하고 있죠?"

끄덕.

현중은 대답 대신 고개만 끄덕였다.

"물론 저도 처음에는 이상했어요. 하지만 메로우가 처음 정신을 차린 곳이 그곳이라더군요. 그리고 자신의 뒤로 칠흑 같은 검은색의 문과 같은 것이 천천히 닫히는 것을 봤다고 했어요."

"칠흑 같은 검은 문……."

현중이 마리아의 말 중에 검은 문에 반응을 보이자,

"네, 칠흑 같은 검은색의 문이라고 메로우는 표현했지만 제 생각은 조금 달라요."

말을 하던 마리아가 멈추고 현중을 가만히 바라봤다.

"왠지 현중 씨는 알지도 모른다는 느낌이 드네요."

뭔가 장난치는 것 같은 행동이지만 현중은 이미 검은색의 문이라는 단어에서 곧장 떠오른 것은 하나였다.

"마리아 씨가 생각하는 것이 혹시 포탈이 아닌가요?"

현중의 말에 마리아는 자신이 원하는 대답을 들었다는 듯 미소를 지었다.

"맞아요, 포탈. 세계 2차 대전 때 독일의 히틀러가 종전 직전까지 찾아다녔다고 하는 공간이동 포탈 같은 것을 생각했어요. 좀 오컬트 같은 거라 웃을지도 모르지만요."

냉정하게 정보를 분석하는 MI-6의 정점에 있는 마리아가 생각하기에는 좀 허무맹랑할 수 있지만, 이미 인어도 실제로 본 마당에 오컬트조차 하나의 정보로 취급하고 있었다.

"사고의 폭이 넓군요."

보통 그런 틀에 박혀 생활하는 사람들은 생각하는 것도 틀이 박히게 마련이다. 그런데 마리아는 그게 아니었다. 인어의 존재를 인정하는 순간 오컬트적인 것도 모두 포함해서 가능한 한 정확한 정보를 추리하고 있는 것이다.

"머리가 굳으면 조직은 금방 부서지는 법이니까요."

"후후훗, 그렇군요. 그리고 뭐 제 개인적인 생각이지만 마리아가 생각하는 포탈이 맞을 겁니다. 저도 본 적이 있으니."

"네?!"

현중이 본 적이 있다고 하자 마리아는 놀랐다.

"왜요?"

"아니, 포탈을 본 적이 있다고 했잖아요, 방금."

"네."

별거 아니라는 듯 말하는 현중과 달리 마리아는 도대체 이 남자는 뭘 어떻게 해야 놀랄까 하는 생각을 잠시 했다. 지금까지 단 한 번도 현중이 놀라는 모습을 본 적이 없으니 말이다. 오히려 현중을 알고부터 마리아는 놀라는 일의 연속이다.

현중은 모르지만 마리아도 원래는 조금 전에 말했던 머리가 굳은 사람 중 하나였다. 그렇기에 조직이 스파이로 가득 차 있어도 몰랐던 것이다.

하지만 현중을 만나면서 조금씩 자신만이 알고 있던 것이 전부가 아니고, 자신의 능력은 그저 조금 남들보다 뛰어날 뿐이라는 것을 깨닫게 되자 저절로 사고의 폭이 넓어져 버렸다.

즉, 현중으로 인해 마리아는 인생의 가장 중요한 지점에서 자신을 되돌아보고 정리할 수 있는 계기를 얻게 된 것이다. 이러니 마리아가 현중을 신뢰하지 않을 수가 없는 것이다. 인생의 터닝 포인트를 만들어준 사람이니 말이다.

뭐, 그 후로도 여러 가지로 도움을 받고 있고, 솔직히 현중 정도의 남자라면 오히려 마리아가 매달려야 되는 것 아닌지 걱정해야 할 정도다.

다만 현중이 마리아를 여자로 보지 않는지 전혀 반응이 없다는 게 문제였다.

"직접 들어가 본 적도 있으니… 아마 포탈이 맞을 겁니다."

"……."

"왜 그러죠?"

무슨 공상과학소설 같은 말을 하면서도 너무나 태연하게 말하는 현중의 모습에 마리아가 먼저 포기해 버렸다. 만약에 현중의 놀라는 얼굴을 보려면 지구가 멸망하는 정도의 충격적인 일이 생기지 않는 한 영원히 못 볼지도 모른다. 그런 생각이 불현듯 떠오른 마리아는 자기 생각에 피식 웃었다.

그런데 곧 어쩌면 지구의 멸망이 다가와도 현중이라면 '뭐, 까짓것, 해결하면 되겠죠' 라면서 넘겨 버릴 것 같다.

"아니에요."

요즘 들어 현중과 이야기를 하면서 문득 문득 자신만의 생각에 빠지는 일이 잦은 마리아는 급히 생각을 날려 버리고는 서둘러 대화를 이었다.

"그럼 어째서 제가 이렇게 적은 인원으로 왔는지 이해가 되죠?"

"포탈 확인이 우선이란 말이군요. 회수는 그다음 문제고."

"맞아요. 잠들어 있는 대륙을 찾아내는 것이 아니라 어떤 특수한 조건에 한해서 열리는 포탈을 통해서 아틀란티스 대륙으로 가야 한다면 오히려 대규모 탐험대는 발목을 잡는 족쇄에 불과하죠."

씨익~

현중은 그런 마리아의 말에 고개를 끄덕였다.

솔직히 스텔스 기능에 테른의 마법으로 위성으로부터 완전히 사라진 탐험선을 찾아낼 만한 기술이 현재 지구에는 없을 것이다. 별일 없다면 아마 버뮤다 삼각지에 도착하기 전까지는 괜찮아 보인다.

"느긋한 여행이 되겠군요."

"뭐… 그렇겠죠. 현중 씨 덕분이니까요. 이것도 모두."

본래 마리아가 생각한 위성 감시 탈출 플랜은 아예 찢어버려도 상관없을 만큼 너무나 허무하게 해결이 나버렸다. 이제 남은 것은 여유있게 탐험선을 타고 바다를 즐기면서 때 아닌 휴가를 만끽하면 되는 것이다.

쿠당탕!!

하지만 그 휴가도 불과 몇 분을 가지 못했다.

"뭐지?"

마리아는 갑자기 배 뒤쪽 갑판에서 들리는 소리에 고개를 돌렸다. 마리아가 데려온 용병 한 명과 누군가 싸우는 모습이 보였다. 현중도 마리아와 같이 소리 나는 쪽으로 고개를 돌렸는데, 아직 누군지 알지 못하는 마리아와 달리 현중은 대번에 누군지 알아봤다.

"인원 중에 데이비드라는 사람도 있던가요?"

"네?"

그렇다. 용병과 싸우고 있는 사람은 바로 데이비드였다.

후다닥!!

현중의 말에 서둘러 선미에서 배 뒤쪽의 갑판까지 내려간 마리아는 용병인 바텐의 손에 목이 잡힌 데이비드와 어색하게 눈이 마주친 것이다.

"백작님, 안녕하시죠?"

어색하게 웃으면서 인사를 건네는 데이비드와 달리 마리아는 손으로 이마를 짚으면서,

"…난리 났군."

결국 가장 우려하던 일이 벌어진 것이다. 그것도 제 발로 밀항이라는 웃기지도 않는 방법으로 말이다.

곧장 마리아는 데이비드를 데리고 선미로 자리를 옮겼다. 이곳이 그나마 가장 앞쪽에다 주변이 탁 트여 있어서 사람들의 접근을 쉽게 알아차리기 때문이다. 무엇보다 현중이 선미에 있기에 갔다는 게 가장 정확했다.

미우나 고우나 영국 왕실의 핏줄이다. 이제 와서 다시 항구로 되돌아간다는 것은 이번 탐험 자체를 포기한다는 것이나 다름없기에 되돌아갈 수도 없다. 그렇다면 최소한 현중과 최대한 빨리 인사를 시켜 세상에서 가장 안전한 현중의 곁에 있도록 해야 한다는 게 그 짧은 순간 마리아가 내린 판단이었다.

“데이비드 도련님.”

“네, 바로슈 백작님.”

싱글싱글 웃으면서 마리아의 미간을 찡그리게 만드는 데이비드는 이왕 잡힌 거 배 째라는 식이었다. 그 모습을 보고 있는 현중도 피식 웃음을 터뜨렸다. 처음 봤을 때부터 뭔가 재미있는 녀석이라는 생각이 들었지만 설마 이 정도일 줄은 몰랐다.

왕족이라고 들었는데 하는 짓은 완전 개구쟁이고 법도나 예절을 목숨처럼 여기는 왕실 사람들과 달리 밀항이라는 체면 구기는 짓도 서슴지 않는 모습이 현중에게는 오히려 괜찮게 다가왔다.

“여왕 폐하께서는 알고 계십니까?”

마리아는 밀항이 여왕의 명령인지, 아니면 데이비드 단독 행동인지 그것이 가장 궁금했다.

“음… 뭐, 알고 계시겠죠?”

“역시…….”

마리아는 한숨을 쉬었다. 여왕과 대판 싸우면서까지 데이비드를 떼놓으려고 했던 자신의 모든 행동은 데이비드가 탐험선에 숨어들면서 완전히 헛수고가 되어버린 것이다. 아니, 어쩌면 여왕은 데이비드가 이렇게 행동할 것을 알고 있었을지도 모른다.

그렇기에 의외로 쉽게 포기한 것이다.

"바로슈 백작님, 설마 되돌아가시게요?"

이미 되돌아갈 수 없다는 것을 알고 있으면서도 웃는 얼굴로 물어보는 데이비드를 보던 마리아는,

"되돌아갈 수 없다는 걸 알면서 묻는 것 같습니다?"

"뭐… 그렇죠? 하하하하!"

웃음으로 얼버무리려는 데이비드의 모습에 마리아의 미간에는 주름만 더욱 깊어졌다. 그런데 뒤에서 가만히 지켜보던 현중이 천천히 마리아의 곁으로 다가오더니,

"그대가 왕실의 핏줄인가 보군."

현중의 말에 데이비드는 슬쩍 고개를 들어 현중을 한번 바라보았다. 그러다 다시 마리아에게 시선을 돌리고, 재차 현중에게 눈길을 움직이는데 눈빛이 살짝 바뀌었다.

"데이비드라고 합니다. 왕실의 핏줄이긴 하지만 방계로서 권력이나 왕위와는 전혀 관계가 없으니 그냥 데이비드라고 부르면 됩니다. 하지만……."

휙!

덥석!

갑자기 현중의 얼굴을 향해 강하게 주먹을 내지른 데이비드! 그러나 기습이었음에도 너무나 쉽게 손이 잡혀 버렸다.

“내 나이는 스물아홉 살로 그대보다 많다는 것을 알아주었으면 좋겠군.”

씨익~

새하얀 치아를 드러내 보이는 데이비드의 웃는 얼굴에 현중도 웃었다.

“데이비드 도련님!!”

마리아는 현중을 공격한 데이비드의 돌발 행동에 소스라치게 놀랐지만 현중은 아무렇지도 않았다. 애초에 데이비드의 주먹은 현중에게 거북이가 기어오는 것보다 느렸으니 맞을 일은 없었다. 거기다 어깨가 살짝 꿈틀거릴 때부터 현중은 데이비드가 주먹으로 공격할 것이라는 것을 알고 있었다.

“그냥 인사예요, 인사. 안 그런가요? 남자들은 이렇게 싸우면서 친해진다고 들었는데… 그 뭐냐, 한국의 속담 중에 말이죠.”

말 하나는 정말 번지르르한 녀석이라는 게 데이비드에 대한 현중의 판단이었다. 하지만 그게 전부는 아닐 것이다. 머리도 제법 똑똑해 보였으니 말이다.

그런데 현중은 그런 데이비드보다 다른 것에 흥미가 생겼다.

‘푸른색 피부? 요정인가? 아니야, 요정은 아닌데……. 그리

고 모습을 감추고 있는 것도 마법은 아니고.'

아무리 완벽하게 숨긴다고 해도 마나를 볼 수 있는 마나의 눈을 각성한 현중에게는 그 어떤 것도 숨길 수 없었다. 아니, 살아 있거나 마나를 가지고 있는 것은 절대로 현중의 눈을 피할 수 없었다.

지금 현중은 아무도 보지 못하는 어떤 존재를 보고 있었다. 바로 데이비드 뒤에서 기척을 숨긴 채 모습을 지우고 서 있는, 푸른색 피부의 존재였다. 분명히 이 탐험선 위에는 없어야 할, 매우 이질적인 존재였다.

그런데도 현중이 이렇게 가만히 있는 것은 적이 아니라는 판단 때문이었다. 가만히 데이비드 뒤쪽에 서 있는 것이 전부였다.

'적이 아니면 상관없겠지.'

어째서 저들이 데이비드 뒤에 모습을 감추고 있는지 이유는 모르지만 솔직히 크게 관심도 없었다. 다만 현중의 호기심을 살짝 건드릴 뿐이었다.

"데이비드 도련님, 더 이상의 개별 행동은 제가 용서하지 못합니다."

마리아도 결국 데이비드를 일원으로 받아들이기로 했다. 되돌아갈 수도 없고 그렇다고 그냥 놔두기에는 데이비드의 위치가 너무 거슬리는 것이다.

마리아는 슬쩍 현중을 한번 보더니,

"현중 씨."

"……?"

"여차 하면 데이비드 도련님을 부탁해요."

마리아가 뭘 말하는지 알아들은 현중은 작게 고개를 끄덕였다.

그런 마리아와 현중의 모습을 가만히 지켜보던 데이비드는 현중을 찬찬히 뜯어보기 시작했다.

'얼굴도 괜찮아 보이고… 폐하의 말씀에 따르면… 돈도 꽤 많다지? 음…….'

현중의 객관적인 정보는 어느 정도 알고 있는 데이비드였지만 실제로 마리아와 현중을 대면해 보니 여왕의 걱정이 기우가 아니라는 것을 직감적으로 깨달았다.

'연… 적… 이 되는 건가?'

데이비드는 지금까지 그 누구에게도 이렇게 부드럽게 대화를 하는 마리아의 모습을 본 적이 없다. 그런데 지금 현중에게만은 말투가 부드러웠다. 그러다 보니 한순간 눈앞의 마리아가 영국의 가장 강한 사람으로 꼽히는 소드 마스터가 아니라 그냥 여자로 보였다.

벌떡.

데이비드는 그대로 일어나 현중에게 다가가서는 손을 내

밀면서,

"데이비드 하우젠이다."

현중의 눈을 똑바로 쳐다보면서 마치 도전하는 것 같은 눈동자를 보내는 데이비드의 모습에 현중은 속으로 피식 웃었다. 하지만 인사는 받아줘야 했다.

덥석.

현중이 데이비드의 손을 잡았다.

"김현중."

왕족에 대한 예의나 허례허식은 전혀 찾아볼 수 없는 현중 특유의 무뚝뚝함이 그대로 전해지는 한마디였다. 손을 잡은 현중은 문득 손에서 강한 악력이 느껴져 데이비드를 바라보았다. 그는 악수한 손에 힘을 주고 있었다.

'어리군.'

탁.

현중은 건장한 데이비드의 손아귀 힘을 아무렇지도 않게 풀어버리고 한번 씨익 웃어주고는 자리를 벗어났다.

"왠지 싫지 않은 녀석이야."

첫 느낌이 좋았던 현중은 데이비드의 장난스런 도발도 나쁘지 않았다.

마리아는 지금의 상황 때문에 영국에 데이비드와 함께 있다는 것을 보고해야 할지 말아야 할지 고민하다가 결국은 연락하지 않기로 했다.

모처럼 현중이 완벽하게 위성으로부터 탐험선을 감추어주었는데 연락했다가 도청이라도 당하면 도루묵이 될 테니 말이다.

그렇게, 왠지 시작부터 이상하게 계획부터 틀어져 버린 탐험이 시작되었다.

"보스."

데이비드를 격투(?) 끝에 잡은 바텐이 마리아를 향해 소리쳤다. 통상적으로 어떤 작전을 할 때 모든 통솔권을 가진 사람을 일반적으로 용병들은 보스라고 칭하는 편이다. 그래서 자연스럽게 바텐은 마리아를 보스라고 불렀다.

바텐의 부르는 소리에 마리아가 뒤돌아보자 바텐은 고갯짓을 슬쩍 하면서 마리아를 부르는 게 아닌가? 말을 하지 않고 고갯짓을 하는 바텐의 행동에 데이비드를 한번 바라본 마리아는 더 이상 말썽을 일으킬 것 같지도 않아 내버려 두고 바텐에게로 가버렸다.

"쩝. 또 미움 받을 짓을 한 건가. 후후훗, 뭐, 다 인생이 그런 거지. 웃샤!"

무심하게 돌아서 버리는 마리아를 보면서도 데이비드는 오히려 마음을 다잡았다. 남들이 보기에는 분명 마리아가 매력도 있고 미인에 배경도 좋긴 하지만 저렇게 철저하게 무시하는데 달라붙는 데이비드가 이상하게 보일 것이다.

그렇다고 데이비드가 어딘가 딸리는 배경인 것도 아니다. 현 여왕의 전폭적인 사랑을 받고 있기도 하거니와, 그뿐만이 아니라 비밀리에 여왕이 챙길 만큼 총애를 받고 있는 인물이 바로 데이비드였다.

뭐, 남녀 사이란 게 일반적인 잣대로 가늠할 수 없겠지만 같은 남자인 현중이 보기에도 데이비드가 조금 안쓰러워 보이긴 했다.

"무슨 일이죠?"

마리아가 다가오자 바텐은 그녀의 귓가에 대고 작게 말했다.

"10분 전에 잠수함이 뒤따라오는 것이 확인됐습니다."

"……!"

마리아가 바텐의 말에 놀란 표정을 지었다. 바텐은 굳은 얼굴로 고개를 끄덕이면서 곧바로 마리아를 탐험선 뒤쪽 특수 심해 탐험용 잠수정이 있는 곳으로 안내했다.

"여기에는 왜?"

마리아는 바텐이 당연히 선장실로 데려갈 것으로 예상했다. 하지만 뜻밖에도 탐험선의 후미에 있는 심해 탐험용 잠수정이 있는 곳으로 가자 이상해서 물어봤다.

"사실 이 녀석을 잠시 살펴보다가 발견한 거라서… 확신이 없어서 보스를 불렀습니다."

"그래요?"

"보스, 내가 용병을 처음 시작할 때 보물을 전문적으로 찾아다니는 트레저 헌터들을 따라서 한 5년 정도 바다에서 생활을 했습니다. 그때 이것과 비슷한 잠수정을 이용하는 것을 오랜만에 보니 반가운 것도 있고 해서 잠시 살펴봤는데, 저기 조사원이 이상하다고 하는 말을 잠시 들었습니다. 초음파 탐지기를 잠깐 작동시켰는데 거기에 길이 150미터에 크기는 웬만한 고래 정도 되는 물체가 잠깐 초음파 탐지기에 보였다가 사라졌다고 하더군요."

"길이 150미터… 고래 정도 크기의… 물체라면……?"

바텐은 아직도 확신이 서지 않는 마리아를 향해,

"바다에서, 그것도 사람이 탄 배를 뒤쫓는 고래는 없습니다. 그건 5년 동안 트레저 헌터들과 함께 생활해 본 제가 장담합니다."

확실히 고래가 사람이 타고 있는 배를 뒤쫓을 이유는 없었다. 오히려 배를 보면 본능적으로 도망가는 게 고래였다. 한때 포경으로 고래의 씨가 마를 뻔하지 않았던가. 그런데 배를 뒤따라오는 것이 있다? 이상하긴 했다.

"바텐, 확실한가요?"

"네, 보스. 10분 간격으로 아주 잠깐씩 초음파 탐지기를 작동시켜 확인해 본 결과, 한 시간 동안 변함없이 2㎞ 밖에서 일정한 간격을 유지하면서 뒤따라오고 있습니다."

"흠."

마리아는 바텐이 우연히 발견한 것이 잠수함이라는 것에 어느 정도 생각이 기울기 시작했다. 고래가 그렇게 오랫동안 따라올 리도 없고 일정하게 거리를 유지할 리도 없기 때문이다. 하지만 레이더에는 전혀 반응이 없었다. 그렇다는 것은 오직 하나.

스텔스 기능이 있는 잠수함이란 것이다. 그리고 현재 스텔스 기능을 가지고 있고 완벽하다시피 마리아의 이목을 피해서 뒤따라올 수 있는 정보력까지 가진 곳은 몇 군데 되지 않았다.

"미국 쪽 핵 잠수함이겠군요."

곧바로 마리아는 잠수정을 정확하게 다룰 줄 아는 조사원을 불러들여 여러 모로 조사를 시작했다. 그리고 몇 시간 뒤 바텐의 말이 사실인 것을 확인하게 되었다.

"제가 너무 쉽게 생각했나 봐요."

마리아는 다시 선장실에 올라와 현중과 데이비드, 그리고 용병 중 리더인 바텐 외 중요 인원이 모인 곳에서 초음파 탐지기로 확인한 것을 말해주었다.

하지만 설마 이렇게 빨리 꼬리가 따라붙을 줄은 전혀 예상도 못했던 일행에게 잠수함의 등장은 의외였다. 특히 베이스퍼의 입장이 참 어중간하게 되어버렸다.

“마야.”

“네, 스승님.”

“미국 쪽 핵 잠수함이라는 것은 확신하느냐?”

베이스퍼가 미국 쪽에 국적을 두고 있으니 상황이 참 곤란해진 것이다.

“스텔스 기능이 있고 해서 초음파로 좀 더 자세하게 알아본 결과 미국의 핵 잠수함과 외형이 일치했습니다. 그리고 혹시나 해서 미국의 핵 잠수함 이동표를 찾아봤더니 때마침 저희가 출발하기 하루 전에 영국 남쪽 해역에서 미국의 씨울프급 핵 잠수함 하나가 소식 두절이라고 합니다.”

“씨울프급……. 그 돼지 녀석이 움직였겠군.”

현재 미국은 모든 잠수함이 원자력 잠수함으로 운용되고 있었다. 그중에서 일반적인 것이 LA급 잠수함으로 비교적 양산형에 가까운 잠수함인 반면 씨울프급은 고급에 속하는 잠수함이었다. 특히나 씨울프급은 양산형인 LA급에 달린 전방 소나 외에도 측면에 소나가 하나 더 장착되어 있어 그 활동 범위가 훨씬 넓었다.

거기다 모든 어뢰 발사관 수부터 확실하게 급이 다른 고급 잠수함이었다. 그런데 일반적인 LA급만 보내도 추격을 하는 데는 솔직히 크게 문제가 없었다. 하지만 씨울프급 핵 잠수함을 미국에서 보냈다는 것은……

"그리고… 여차하면 날려 버릴 생각이고 말이야."

끄덕.

베이스퍼의 말에 마리아도 현재 처한 상황의 심각성을 깨달았기에 이렇게 필요한 사람들을 모아서 알리고 대책을 마련하려는 것이다.

잠수함의 소나 탐지기라면 스텔스 기능 따위는 아무런 소용이 없었다. 소리로 탐지하는 소나를 피할 방법이 없기 때문이다. 특히나 배는 계속해서 움직여야 하기에 벗어난다는 것은 불가능에 가까웠다. 세계 2차 대전 때 영국과 미국이 독일의 U보트 때문에 엄청 고생을 했고, 덕분에 전세가 독일 쪽으로 기울기까지 했던 전례가 있다. 그만큼 잠수함과 배는 천적인 것이다.

그것도 배가 일반적인 약자에 속하는 천적 관계였다.

"곤란하군."

"……."

다들 설마 항구에서부터 잠수함까지 동원해서 따라붙을 줄은 전혀 예상 밖이었기에 당황했다. 그래도 일찍 이 사실을 알게 된 것은 기뻐해야 하겠지만 그러기에는 대책이 전혀 없었다.

그로부터 거의 한 시간가량 여러 사람이 몇 가지 대비책을 내놨지만 번번이 기각당했다. 잠수함의 소나 탐지기로부터 완벽하게 도망갈 수 있는 방법이 없었기 때문이다.

거기다 소나의 탐지 거리는 평균 230㎞ 정도다. 소나병의 능력에 따라 그 넓이는 300㎞까지도 탐지가 가능했다.

솔직히 탐험정의 초음파 탐지기도 소나와 같은 원리지만 작고 탐험용이기에 그 사거리는 겨우 10㎞에 불과했다.

한마디로 탐험선 뒤에 따라붙은 잠수함을 발견한 것 자체가 정말 운이 좋아서 발견한 것이다.

"소나 탐지가 문제로군."

"역시나… 제 생각도 그래요."

씨울프급은 엑티브소나(간단하게 초음파를 쏴서 탐지하는 기능을 가진 소나 탐지기)와 페시브소나(액티브소나와 반대로 상대편의 초음파를 감지해서 위치를 파악하는 기능을 가진 소나 탐지기)를 모두 장착하고 있는 특수한 모델이었다.

한마디로 현재 일행이 타고 있는 탐험선은 부처님, 아니, 씨울프급 핵 잠수함 손바닥 안에 있는 것이나 마찬가지였다. 거기다 거리가 1㎞ 정도라면 무슨 짓을 하려고 해도 금방 따라잡힐 테니 말이다.

"쩝. 디코이(어뢰나 잠수함을 교란시키기 위해서 뿌리는 기만

체)라도 있으면 퍼붓고 도망갔으면 좋으련만······."

바텐은 트레저 헌터들과 다니면서 잠수함을 따돌리는 유일한 방법은 오직 디코이나 폭뢰를 터뜨려서 잠수함의 소나를 무력화시키는 것뿐임을 잘 알고 있었다. 하지만 현재 이들이 타고 있는 배는 구축함이나 전함이 아니었다.

그냥 조금 성능이 좋고 최신식의 탐험선에 불과했기에 디코이나 폭뢰가 있을 리가 없었다.

물론 바텐도 그 사실을 누구보다 잘 알고 있기에 답답해서 해본 말이었는데 그 말에 현중의 눈빛이 반짝였다.

"요점은 잠수함의 소나 탐지기만 무용지물로 만들어 버리면 된다는 거군요?"

"네? 네, 맞아요, 현중 씨."

"흠······."

현중은 솔직히 그냥 자기가 가서 핵 잠수함을 부숴 버릴까도 생각해 봤지만 왠지 그러면 미국 쪽에서 귀찮게 할 것 같았다. 그렇다고 바다에다 소나 교란을 목적으로 가장 폭발력과 진동이 강한 마법을 난사하라고 테른에게 시킬 수도 없는 노릇이었다.

그러다가 문득 현중은,

"마리아 씨."

"네?"

"소나 탐지기 최대 범위가 얼마나 되죠?"

"…우선 어떤 소나 탐지기를 장착했는지와 소나병의 능력에 따라 조금 다르지만 아무리 넓게 잡아도 300㎞ 이상은 무리예요."

"300㎞라……. 그리 먼 거리는 아니군요."

현중이야 쉽게 그렇게 말하지만 거리상으로 보면 서울에서 부산이 400㎞가 조금 넘으니 대충 그 중간인 서울에서 대구 정도까지 거리다.

특히나 바다인 것을 생각하면 절대로 짧은 거리는 아니다. 물론 망망대해를 기준으로 하면 정말 짧은 거리겠지만 말이다.

"그럼 두 가지 선택권이 있는데 어쩌시겠습니까?"

"네? 갑자기 그게 무슨……?"

지금까지 듣기만 하던 현중이 돌연 대화의 중심을 단번에 휘어잡으면서 모두의 시선을 사로잡았다.

"뒤따라오는 잠수함을 부숴 버린다가 첫 번째 선택지, 두 번째는 잠수함이 뒤따라오지도 못할 만큼 먼 곳으로 도망가 버린다는 것인데 말이죠. 어떤 걸 원하죠, 마리아 씨는?"

"네에?"

"헙!"

"무슨… 그런……."

“말도 안 돼.”

“…….”

현중의 이해되지 않는 말에 다들 놀라서 잠시 현중을 바라보았다. 바텐이 먼저 낮게 웃었다.

“크크큭. 거기 동양인 젊은이, 자네가 뭘 모르나 본데, 배가 잠수함을 피해서 완전히 도망가는 것은 불가능에 가까워. 거기다 이 탐험선은 전함이 아니라 장시간 고속으로 운행하면 곧바로 바다에서 미아가 될 가능성이 높고 말야.”

바텐은 아마 현중이 말하는 도망을 탐험선의 모든 동력을 이용해서 전속력으로 소나의 탐지 범위 밖까지 도망가는 걸로 생각한 모양이다.

“현중 씨, 둘 다… 가능은 한가요?”

모두가 고개를 절레절레 흔들면서 현중을 아무것도 모르는 애송이로 생각하고 있었지만 베이스퍼와 마리아만은 달랐다. 현중의 능력을 직접 봐온 그들이 아닌가.

현중은 대답 대신 고개만 끄덕였다. 그리고는 씨익 웃으면서,

“이대로 미국인지 아니면 다른 나라인지 모르는 잠수함을 매달고 아틀란티스를 찾으러 갈 수는 없는 노릇 아닌가요?”

“그건 맞아요. 하지만…….”

마리아는 지금 고민 중이었다. 현중이 말했다. 지금까지 현중이 말해서 이루어지지 않은 것이 없었던 것을 생각하면 방금 말한 두 가지 선택지 모두 실현 가능하다는 말이 된다.

베이스퍼도 현중을 물끄러미 바라보면서 뭔가 하고 싶은 말이 있지만 쉽게 하지 못했다.

자신이 생각해도 미국의 씨울프급 핵 잠수함으로 보이기 때문에 자신이 여기서 무슨 발언을 하더라도 나중에 모두에게 불신의 씨앗을 심을 수 있기 때문이다. 마리아도 그걸 알기에 베이스퍼에게는 최대한 말을 시키지 않고 있었던 것이다.

"현중 씨."

"네, 말하세요."

"도망가는 걸로 하겠어요."

"후회하지 않을 건가요?"

현중은 대답하는 와중에도 눈동자가 흔들리는 마리아를 보았기에 재차 물어봤다. 그리고 마리아의 눈동자가 향한 베이스퍼도 힐끗 쳐다보고는 모른 척하기로 했다.

"네. 괜히 핵 잠수함 건드려서 저희에게 좋을 건 하나도 없으니까요."

"좋아요. 이왕 도와주는 거, 화끈하게 도와드리죠. 한 배를

탄 동지이니."

그 말을 끝으로 현중은 자리에서 일어나 나가 버렸고, 그제야 긴장한 마리아의 얼굴이 풀어졌다. 베이스퍼도 안도의 한숨을 내쉬고는 자리에서 일어나 선장실을 나갔다.

"보스."

"네?"

"도대체 저 남자 누굽니까?"

바텐은 용병이다.

용병은 분위기를 파악하는 능력, 즉 눈치가 귀신같이 빨라야 오래 살아남는 법이다. 지금 마리아와 베이스퍼 두 사람 모두 자신이 알기로 지구상에 다섯 손가락 안에 들어가는 강자이다. 자신 같은 용병은 100명이 덤벼도 옷자락 하나 건드릴 수 있을지 장담하지 못하는 강자가 바로 마리아와 베이스퍼인 것이다.

전쟁터를 굴러다니면서 살아온 바텐의 눈에는 지금 이 상황이 전혀 이해가 되지 않았다. 물론 바텐 혼자 그런 것만은 아니었다. 데이비드도 그렇고 다른 선장과 몇몇 인원도 갑자기 잔뜩 긴장한 분위기가 동양인 한 명의 황당한 말로 풀어질 줄은 전혀 몰랐던 것이다.

"후후훗. 뭐… 말하자면 최후의 보루라고나 할까요?"

확실히 잠수함의 소식을 듣고 굳어 있던 마리아의 표정이 완전히 풀어진 것을 알아본 바텐은 고개를 저으면서 한숨을 내쉬었다.

고용주가 굳이 밝히지 않는 것은 묻지 않는다. 이게 용병의 규칙이다. 다만 계약에 어긋날 경우 그건 계약 파기와 함께 떠나면 그뿐이다. 하지만 바텐이 알고 있는 바로슈 백작과 그의 피를 이어받은 마리아가 계약에 어긋나는 일을 할 리가 없다.

그렇게 굳게 믿고 있기에 더 이상 묻지는 않았지만 바텐은 도대체 저 동양인이 누구인지, 어떤 사람인지, 도대체 어떤 능력을 가지고 있기에 영국의 검이라는 마리아와 미국의 공인 마스터인 베이스퍼조차도 조심스럽게 대하는지 궁금해 미칠 지경이었다.

"……."

그리고 바텐과 마찬가지로 뒤에서 조용히 현중이 나간 문을 바라보고 있는 데이비드도 마찬가지였다.

'도대체 저 사람, 정체가 뭐지?'

데이비드는 왕족이다. 나름 정치적 교육을 받았고 상황 파악을 할 때 무엇이 우선인지도 배웠기에 어느 정도 알고 있었다. 바텐처럼 목숨을 걸고 터득한 것이 아니기에 뭔가 확신은 없지만 그냥 조용히 넘어가는 다른 사람들과 달리 데이비드도 현중의 정체가 궁금해 미칠 지경이었다.

영국의 최강자인 마리아 스핀 바로슈 백작과 마이스터에
올라 현재 지구상 최강의 생물이라는 표현을 받고 있는 베이
스퍼가 조심스럽게 대하는 검은머리의 동양인인 김현중의 정
체 말이다.

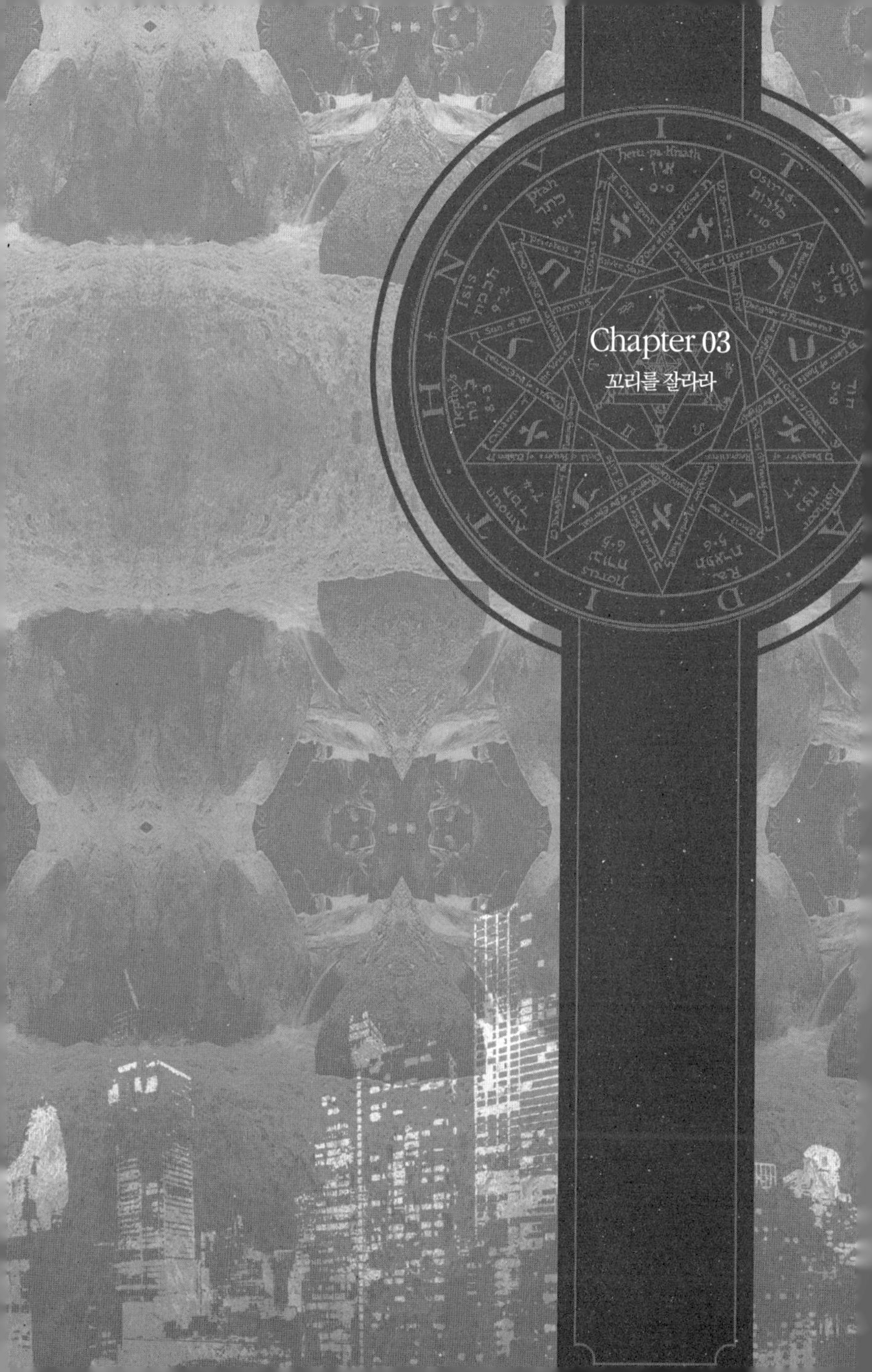
Chapter 03
꼬리를 잘라라

"뭔가 질문이 있는 건가, 데이비드?"

선미에 앉아서 바닷바람에 머리카락을 휘날리며 편안하게 앉아 있는 현중은 뒤도 돌아보지 않고 말했다.

"훗. 보지도 않고 나를 알아보는군."

비슷한 나이대로 보이는 모습에 첫 만남에서 반말을 하다 보니 자연스럽게 데이비드와 현중은 서로 말을 터놓아 버렸다. 물론 마리아가 일부러 모른 체한 것도 있었다.

혹시나 모를 상황에 데이비드를 영국 왕실까지 가장 안전하게 데려다 줄 유일한 보험이니 서로 친해지라는 의미이기도 했다. 물론 마리아 혼자만의 생각이지만 말이다.

"그 정도는 다 알아보는 법이지."

데이비드는 조용히 현중의 곁으로 다가와서는 나란히 옆에 앉았다.

"김현중. 국적은 대한민국, 한국 나이로는 스물여섯 살이지만 우리 식으로 하면 스물네 살이군. 그리고 현재 개인 재산만 따지면 세계 10위권 안에 드는 초갑부에 석유개발회사를 하나 소유하고 있고 한국에서는 대동그룹이라는 기업을 꿀꺽해서 석유로 번 돈을 모두 들이붓고 있다. 맞지?"

일부러 현중의 성미를 건드리는 듯한 데이비드의 말에 현중은 쳐다보지도 않고,

"맞아."

"쳇."

데이비드는 자신의 작전이 먹혀들지 않자 작게 혀를 찼지만 현중은 그런 것조차 관심이 없었다.

"정체가 뭐지?"

빙빙 돌려 말하는 것은 데이비드 성격에도 맞지 않았다. 기사 수업을 오랫동안 했던 것도 어느 정도 영향이 있는지 단도직입적으로 물어본 것이다.

"인간 or 남자."

"…장난하는 건가?"

현중의 엉뚱한 대답에 오히려 화나게 하려고 했던 데이비드 자신의 얼굴이 붉어지는 것을 느꼈다.

"장난? 후후훗. 내가 장난치는 걸로 보이나?"

"그럼 이게 장난이 아니면 뭐지? 정체를 묻는데 인간 or 남자라는 대답이라니."

"말 그대로 내 정체를 말한 것뿐인데 왜 그리 흥분하지?"

"뭣?!"

순간 발끈한 데이비드가 뭐라고 소리치려다가 고개를 획 돌려 버렸다.

"다음에 다시 이야기하지."

억지로 조용히 말하고 난 뒤 데이비드는 그대로 일어나 현중의 곁을 떠나 버렸다.

씨익~

자리를 벗어나는 데이비드에게 눈길조차 한번 주지 않은 현중은 입가에 미소를 지으면서 조용히 앉아 있었다.

그러다 조용히,

"검을 뽑는 순간 죽는다."

현재 이곳 선미에는 현중 혼자 앉아 있었다. 탐험선의 특성상 선미로 가기 위해서는 관제실을 지나 외길을 거쳐야만 하기 때문에 방금 데이비드가 나간 뒤라 그 누구도 있을 리가 없었다. 하지만 현중은 나지막하게 살기까지 실어서 한마디

했다.

스르룽.

그러자 정말 아무것도 없는 곳에서 검이 검집으로 다시 들어가는 듯 작은 쇳소리가 들리는 게 아닌가?

[우리의 존재를 알고 있군.]

"물론."

[설마… 너도 사이퍼즈인가?]

"사이퍼즈? 사이퍼… 사이퍼……. 초능력자 말인가?]

현중은 여유있게 웃으면서 앉은 자세 그대로 몸을 돌려 조용히 뒤돌아봤다. 하지만 아무것도 없었다. 물론 일반인의 눈에는 말이다.

현중의 눈에는 마나의 흐름과 함께 기묘하게 마나를 비틀어 공간과 시각을 벗어난 곳에 있는 두 명의 남자가 똑똑히 보였다.

"그쪽 파란 몸을 가진 사람이 몸을 숨겨주는 건가?"

[…….]

현중의 말에 푸른 몸의 남자는 굳게 입을 다물었다.

"뭐 보아하니 적은 아닌 것 같은데… 한 가지만 경고하지. 두 번 다시 경솔하게 검을 뽑으면……."

화아악!!

현중의 몸에서 갑자기 살기가 뻗어 나와 허공에서 소용돌

이치더니 곧바로 마나의 비틀림 속에 숨어 있는 푸른 몸의 남자와 그의 동료를 휘감았다.

그리고는 마치 무언가에 묶인 듯 둘을 꼼짝 못하게 휘감아 버렸다.

[……!!]

[……!!]

갑작스런 상황에 당황하고 있는 그 둘에게 현중은 슬그머니 작게 속삭이듯,

"죽는다."

입가에 미소까지 지어 보이면서 해맑게 말한 현중은 천천히 자리에서 일어났다. 현중은 그렇게 마나의 비틀림 사이에 숨어 있는 둘 사이를 천천히 걸어서 선미를 벗어났다.

현중이 선미를 떠나자 거짓말처럼 둘을 휘감고 있던 보이지 않는 힘이 사라져 버렸다. 그리고 속박에서 벗어난 그들은 서로 잠시 쳐다보다가 곧 마나의 비틀림 속으로 모습을 감춰 버렸다.

그들이 사라진 뒤 현중은 가볍게 웃음을 머금었다.

"훗, 사이퍼즈라……. 세상 참, 내가 너무 우물 안 개구리였군."

확실히 그들이 사용한 방법은 마법은 아니었다. 마법이 그렇게 발달한 대륙에서도 마나를 비틀어서 그 사이에 숨는 방

법은 존재하지 않았으니 말이다. 하지만 저들은 마나를 비틀어 그 사이에 몸을 숨기고 있었다.

"하지만 그래서 세상이 참 재미있는 거지. 예상치 못한 것이 자꾸 불쑥 튀어나오니까 말이야."

막연히 또 다른 뭔가가 자신 앞에 모습을 드러낼 것 같다는 기대감이 생기도 했다.

하지만 그보다 먼저 확인해야 할 것이 있기에 현중은 탐험선에 돛대처럼 높이 솟아 있는 망루 위로 다시 올라갔다. 그리고 주변을 살펴보기 시작했다.

사실 사람의 시야는 조금만 높이 올라가도 실제로 볼 수 있는 거리는 몇 배로 넓어진다. 그래서 서바이벌 전문가들은 길을 잃어버렸다고 판단되거나 자신이 모르는 곳에 있다고 생각되면 무조건 높은 곳으로 올라가라고 한다. 그 이유가 바로 시야를 확보해서 방향을 정하기 위해서다.

물론 현중은 잠수함의 존재를 직접 확인하기 위해서 올라왔지만 말이다.

망루에 올라온 현중은 그대로 기감 영역과 마나 영역을 넓게 퍼뜨렸다. 그리고 감각 영역들을 퍼뜨린 지 얼마 되지 않아 금방 잠수함으로 보이는 것과 승무원인 듯한 사람의 마나가 느껴졌다.

"있긴 있군."

거의 1㎞ 정도 뒤쪽으로 수심 50m 깊이에 일정한 거리를 두고 뒤따라오는 것이 확실히 있었다. 잠수함에서 느껴지는 사람의 숫자는 130명 정도 되었다. 얼핏 추론해 봐도 잠수함이 확실하지만 현중은 직접 두 눈으로 확인해 보고 싶었다.

"방향이 저쪽인가?"

잠수함이 보이는 방향으로 얼굴을 돌린 현중은 마나 영영과 기감 영역을 통해 정확한 위치를 파악했다. 그가 지체없이 오른발을 내밀자 그대로 사라졌다.

"답답하군."

축지법으로 사라진 현중이 다시 나타난 곳은 정확하게 잠수함의 뒤쪽, 사람이 가장 다니지 않는 작은 창고로 쓰는 선실이었다.

현중이 모습을 드러낸 뒤 가장 처음 느낀 것은 공기의 텁텁함과 함께 가슴을 살짝 누르는 답답함이었다.

"서둘러! 놓치면 안 되니까!"

선실 밖에서 들리는 목소리에 현중이 고개를 돌렸다.

그런데 탐험선에서 예상한 것과 달리 미국의 언어가 아니었다. 선실 밖에서 들린 목소리는 러시아어였다.

"미국이 아니었나?"

현중은 곧바로 자신의 모든 존재감을 지워 버리고 잠수함 곳곳을 살펴보기 시작했다.

잠수함은 확실히 원자력으로 움직이는 핵 잠수함이 맞았다. 다만 미국의 잠수함이 아니라 러시아 잠수함이라는 것이 모두의 예상을 벗어난 사실이었다.

하지만 솔직히 그건 크게 문제가 없어 보였다. 다만 베이스 퍼는 양심에 가책을 느낄 필요가 없으니 그게 가장 괜찮은 듯했다.

"놓치지 마라."

함장으로 보이는 남자의 말에 소나에 집중한 소나병들이 긴장하긴 했지만 그 외의 승무원들은 나름 여유있는 모습들이었다. 그도 그럴 것이, 1㎞ 앞에 있는 탐험선을 절대로 놓칠 리 없다고 생각하고 있기 때문이었다. 더욱이 함장이 들고 있는 보고서를 슬쩍 보니 탐험선에서 초음파를 통해 자신들의 위치가 드러났는데도 아무런 대응을 하고 있지 않았다.

잠수함은 초음파를 직접 쏴서 탐색하는 장비와 적이 쏜 초음파를 받아서 적의 위치를 탐색하는 장비 두 가지를 모두 장착하거나 그중 한 가지만 장착하는 경우가 많았다.

하지만 얼핏 살펴보니 지금 탐험선을 뒤쫓는 러시아 잠수함은 액티브소나와 패시브소나 모두 장착한 듯했다.

'손안에 있다 이거군.'

잠수함 자체가 복잡하긴 하지만 워낙 크기가 작다 보니 대략 30분 정도 만에 잠수함의 모든 내부를 살펴볼 수 있었다.

현중은 다시 잠수함의 핵심인 상황실에 들어왔다.

그리고 함장 옆에 서서 혹시나 뭔가 다른 정보가 없나 하는 생각에 여러 가지를 살펴보던 와중 붉은색으로 1급 기밀이라는 도장이 찍힌 파일 하나를 발견했다.

'1급 기밀?'

기밀문서치고는 너무나 허술하게 함장이 서 있는 탁자 바로 앞에 놓여 있는 게 이상했지만 궁금함에 파일을 슬쩍 넘겼다. 현중의 존재감은 완전히 지워진 상태라 잠수함의 그 누구도 알아채지 못했다.

'……'

파일을 잠시 넘겨가면서 대놓고 함장 옆에서 1급 기밀문서를 다 읽은 현중의 입가에 미소가 스르르 번지기 시작했다. 그런데 평소 보이는 그런 매력적인 미소가 아니라 마치 칼날과 같은 서늘한 날카로움이 느껴지는 그런 미소였다.

'목적지를 확인 즉시 사살이라……. 크크큭, 재미있군. 그리고 미국의 짓으로 돌려 버릴 생각이군.'

그들은 모든 정황상 현재 미국의 핵 잠수함이 뒤따라오고 있는 것으로 위장하고 있다. 탐험선이 갑자기 공격을 받아서 바닷속으로 사라진다면 당연히 영국은 미국을 지목할 것이다.

물론 마리아는 베이스퍼가 타고 있는 상황에 설마 공격을 하겠는가 생각하고 있는 것 같지만 국제 정세라는 게 그리 간단하게 아니라서 국익을 위해서는 과감하게 포기도 할 줄 아는 게 미국이었다.

그런데 그 모두의 예상을 깨뜨리고 탐험선을 뒤따르고 있는 것은 러시아 원자력 잠수함인 것이다. 솔직히 미국 국적이라면 베이스퍼와의 관계 때문이라도 그냥 조용히 정보만 캐내고 갈 생각이었는데 현중은 마음이 바뀌었다.

씨익~

아무도 보지 못하지만 현중은 혼자만의 미소를 지으면서 상황실을 벗어나 잠수함의 뒤쪽으로 움직였다. 그는 그 누구의 방해도 받지 않고 잠수함의 가장 핵심이자 중요한 부분인 동력실에 들어갔다. 열 명이 넘는 무장한 러시아 승무원이 지키고 있었다.

하지만 그 모두가 무용지물이었다.

스르륵.

현중이 승무원의 바로 옆을 여유롭게 걸어서 지나갈 때도 전혀 눈치채지 못한 것이다.

'이건가?

현중은 커다란 원형으로 두꺼운 강철과 철판을 덧대어 만들어진 것 같은 특이한 동력 장치에 손을 대어보고는 어떻게 할까 잠시 고민했다.

이대로 잠수함을 박살 내버릴 수도 있다. 하지만 그렇게 되면 탐험선의 위치가 노출되는 위험을 안게 된다. 하여 잠수함을 바다 밑으로 가라앉혀 버릴까도 생각했는데, 그것도 한 장의 사진 때문에 생각을 바꿔야 했다.

'딸인가?'

어린아이를 안고 환하게 웃고 있는 남자의 얼굴이 찍혀 있는 사진 몇 장이 현중의 눈에 띄었다. 사진의 해맑게 웃고 있는 아이의 얼굴을 보자 현중은 잠수함의 동력을 무너뜨려 바닷속으로 가라앉히려고 했던 계획은 그만두어 버렸다.

하지만 이대로 잠수함이 탐험선을 계속 추적하도록 놔둘 수는 없었다.

'간만인데 힘 조절이 되려나 모르겠군.'

현중은 문득 자신의 손을 들어 손바닥을 곧게 펴고는 몇 번 흔들어 보면서 힘 조절을 하듯 허공에 휘둘렀다.

휙휙, 휙휙.

'이 정도면 죽진 않겠지?'

몇 번의 손놀림을 연습하던 현중은 그 길로 동력실에 있던 승무원 전원을 귀싸대기 한 방씩 먹이면서 기절시켜 버렸다.

철썩!

털썩.

한 방에 한 명씩 허공에서 갑자기 무언가 얼굴을 강타하는 순간, 하늘이 노랗게 변하면서 동력실에 있던 승무원 전원이 기절했다. 걸린 시간은 불과 10초 정도였다.

뭔가 반응을 보이고 대처를 할 시간적 여유도 없었다. 갑자기 찰싹 하는 소리와 함께 동료들이 뒤로 날아가 쓰러진 뒤로 꿈쩍도 하지 않는 모습은 잠시 동안 승무원들의 머릿속을 뒤죽박죽으로 만들어놨다. 그사이에 현중은 가볍게 정리해 버린 것이다.

"흠… 동력을 끄면 잠수함은 가라앉겠지?"

승무원을 모조리 처리한 다음 현중은 잠수함의 동력을 그대로 내버려 두고 동력실을 나왔다.

그리고 그때부터 눈에 보이는 족족 승무원을 모조리 귀싸대기를 먹여서 기절시키기 시작했다.

승무원 중에 남자도 있고 여자도 있지만 손속에 사정은 없었다.

보이는 족족 시원하게 싸대기를 날려 버리고는 무심하게 걸어나갔고, 현중이 지나간 자리에는 왼쪽 뺨에 선명하게 손자국이 남은 기절한 승무원만 남았다.

그리고 마지막으로 함장까지 싸대기를 날려 기절시킨 현중은 그제야 손목을 한번 흔들고 나서 주변을 살펴보았다. 완전히 정리가 끝났다는 것을 확인하고서야 잠수함에서 그는 모습을 감춰 버렸다.

스르륵.

현중은 다시 탐험선의 망루로 돌아왔다. 그는 곧바로 마리아에게 미국 잠수함이 아니라 러시아 잠수함이 뒤쫓고 있다는 것을 알렸다. 잠수함의 인원 모두를 기절시켜 버렸다는 말은 우선 뺐다. 결과적으로 도망가야 하는 건 변함이 없으니 말이다.

"러시아요?"

"러시아?"

"…으음."

그동안 뒤쪽에서 용병들과 잠시 어울리느라 뒤늦게 합류하게 된 알렉산드로가 러시아 잠수함이 뒤쫓고 있다는 말을 듣고는 신음을 흘렸다.

스페츠나츠 출신인 알렉산드로는 군으로 보면 특수부대이기에 여러 가지 정보를 접할 기회가 많아 현중의 몇 마디 설명만으로도 금방 알아차렸다.

"아마 푸헬 장군의 휘하에 있는 잠수함일 겁니다."

알렉산드로의 설명이 이어지자 다들 시선이 그에게 집중되었다.

"현재 러시아 해군은 푸헬 장군의 손아귀에 있다고 해도 과언이 아닙니다. 그런데 그 푸헬 장군이 사이언톨로지의 열렬한 지지자입니다. 처음에 러시아 군에 사이언톨로지 녀석

들이 들어온 것도 모두 푸헬 장군이 중간에 다리를 놔서 가능
했습니다."

마리아는 알렉산드로의 말을 가만히 듣다가,

"그럼 지금 저희 뒤를 따르는 러시아 잠수함은 어떤 거
죠?"

"현중님의 설명을 들어보면 아쿨라급(미국의 LA급에 대항하
기 위해 만든 러시아 핵 잠수함으로 현재는 경제난으로 인해 6~7
척밖에 없다고 알려진 잠수함이다) 공격용 핵 잠수함으로 생각
됩니다."

현중과 마족의 싸움을 직접 눈으로 본 알렉산드로는 그 뒤
로 현중에게 꼬박꼬박 님 자를 붙여서 존칭하고 있었다. 물론
현중은 대륙에서 자주 듣던 말이라 자신도 모르게 그냥 넘어
가 버렸지만 알렉산드로는 그래서 오히려 더욱 현중에게 님
자를 꼭 붙였다.

알렉산드로가 절대로 적으로 만나고 싶지 않은 사람을 꼽
는다면 단연 현중일 것이다.

"아쿨라급이라……. 도망가야 한다는 상황은 변한 것이 없
지만 최소한 적이 누군지는 확실히 알게 되었네요."

"그렇습니다."

도망간다는 것에는 변함이 없었다.

그런데 여기서 조금 웃긴 것이 현중이 어떻게 잠수함에 갔

다 왔으며 어떻게 잠수함의 정체를 알고 있는지에 대해서는 그 누구도 의심하거나 의문을 가지지 않는다는 사실이었다.

마리아와 베이스퍼, 그리고 알렉산드로 세 명은 모두 현중의 귀신같은 능력을 직접 보고 경험했으니 당연하기도 하겠지만.

"자, 그럼… 현중 씨, 이제 말해주세요 어떻게 러시아의 아쿨라급 공격용 핵 잠수함으로부터 도망칠 건가요?"

마리아가 본론을 꺼내자 베이스퍼부터 시작해서 현재 상황실에 모여 있는 알렉산드로까지 현중을 쳐다봤다.

그런 그들의 모습에 현중은 별거 아니라는 듯,

"곧장 날아갈 겁니다."

"네에?"

"이잉?"

"허……."

세 명 모두 현중의 대답에 잠시 정신적인 공황상태가 왔지만 재빨리 정신을 차렸다. 하지만 얼떨떨하기는 매한가지였다.

"현중 군, 자네를 믿지 못하는 건 아니지만 날아간다니?"

베이스퍼가 결국 입을 열어 물러보자 현중은 여전히,

"제가 한 말 그대로 날아서 갈 겁니다. 그것도……."

잠시 말꼬리를 늘인 현중이 마리아와 베이스퍼, 그리고 알

렉산드로를 한 번씩 쳐다보고 나서는,

　"대략 눈 한 번 깜빡할 사이에 목적지에 도착할 정도로 빠르게 말이죠, 후후훗."

　그렇게 말을 하고 난 뒤 문을 열고 빠져나가는 현중을 바라보던 세 사람은 결국 동시에 고개를 흔들었다.

　마리아가 먼저 입을 열었다.

　"역시……."

　다음으로 베이스퍼가 이어받았다.

　"속을……."

　마지막으로 알렉산드로가 마무리 지어버렸다.

　"모르겠군요."

　서로 약속이나 한 듯 말을 이었다. 하지만 자리에서 일어나 현중의 뒤를 따라 움직이는 것은 똑같았다.

　현중을 따라 밖으로 나오니 현중은 탐험선의 가장 앞쪽인 선미 끝에 서서 잠시 주변을 바라보고 있었다.

　그러다 마리아가 다가오는 것을 보고는,

　"마리아 씨."

　"네."

　"우리가 정확하게 가야 하는 곳이 버뮤다 삼각지 중 어디죠?"

　"바로 트라이앵글의 꼭짓점에 해당하는 버뮤다 섬이에요."

“그래요? 그럼 방향이…….”

현중이 잠시 방향을 알아보려고 하자 마리아가 다가와서 손으로 방향을 가리키고는,

“이쪽 방향으로 쭉 가야만 해요.”

“…흠.”

현중은 마리아가 가리킨 방향을 한번 바라보고는,

‘테른.’

―네, 마스터.

‘알고 있겠지? 버뮤다 섬 인근에 출구용 이동 마법진을 그려라.’

―네, 마스터. 하지만 지구는 마나가 약하기 때문에 입구에 해당하는 순간이동 마법진과 출구에 해당하는 마법진을 동시에 그려야 합니다. 사람 한두 명은 상관없지만 탐험선을 통째로 옮기려면 어쩔 수가 없습니다.

‘그래?’

원래는 테른이 출구에 해당하는 순간이동 마법진을 만들고 나서, 이쪽에 입구에 해당하는 마법진을 만들어 발동시켜 탐험선을 한 번에 이동시킬 계획이었다.

하지만 지구의 마나가 너무 희박하다는 게 첫 번째 문제였다.

그리고 두 번째로 탐험선의 크기가 너무 크다는 것도 문제

가 되었다.

순간이동 마법진은 크기가 클수록 위험도는 몇 배로 뛰어오르는 마법진이다. 그렇기에 개인이 움직일 때는 그냥 간단하게 마법 시동어로도 되고 능숙한 마법사 같은 경우는 순간적으로 심벌을 그려서 순간이동 마법진을 만들 수도 있었다.

하지만 탐험선 정도의 크기를 통째로 옮긴다면 이야기는 완전히 달라진다.

'할 수 없군. 입구에 해당하는 마법진은 내가 만들도록 하지.'

현중은 마법을 쓰지 못한다. 아니, 쓸 수 없다. 이계에서 온 사람이라 대륙에서 마법을 쓸 수 없었던 것도 있지만 치우천황무 때문에 완전히 마법 사용이 불가능하게 되어버린 것이다.

하지만 마법진을 그리는 것은 별개의 문제였다. 마나만 있고 마법진을 알고 있으면 얼마든지 그릴 수 있는 것이다.

다만 마법진을 활성화시킬 수 없는 치명적인 단점이 있을 뿐이었다.

한마디로 마나를 쏟아부어서 마법진을 그려봐야 그냥 그림에 불과한 것이다. 하지만 테른이 출구 쪽에서 마법진을 활성화시킨다면 공명으로 인해 자연스럽게 현중이 그린 마법진도 활성화되는 게 당연했다.

―알겠습니다, 마스터.

그렇게 현중의 명령을 들은 테른은 그대로 버뮤다 섬 인근에 모습을 드러냈다.

―이 정도면 되겠군.

테른이 마법진을 준비하자 현중이 움직이기 시작했다.

"마리아 씨."

"네?"

"잘 보세요. 후후훗."

그 말을 끝으로 현중은 선미에서 훌쩍 바다를 향해 그대로 뛰어들었다.

"앗!"

"헛!"

현중의 돌발 행동을 지켜보던 사람들은 놀랐지만, 곧 그것보다 더 놀라야 했다.

"…걷고 있어."

"말도 안 돼."

"물위를… 걷고 있어."

바다를 향해 뛰어든 현중은 출렁이는 바다 위를 걷고 있었다.

마치 평지를 걸어가는 평범한 사람처럼 너무나 여유있게 걸어서 가고 있는데 달리고 있는 배보다 훨씬 빨랐다.

"저게 가능한 건가?"

베이스퍼조차도 현중이 바다 위를 걸어가는 모습에 정신을 빼앗겨 버렸다. 사람이 바다 위를 걷다니, 이건 있을 수 없는 일이다.

물론 베이스퍼도 물위를 달리는 것은 어느 정도 가능했다. 하지만 그건 마나를 극대로 활성화해서 물을 발로 차는 반탄력을 이용해 뛰어오를 뿐이다. 거기다 그런 것도 서너 번이 한계일 정도로 물위를 달리는 것은 힘든 일인 것이다.

조금만 발을 잘못 디뎌도 오히려 물이 발을 잡아당기는 힘이 생겨서 물속으로 빠져버리기 때문이다.

그런데 현중은 걸어가고 있었다. 그것도 매우 빠른 속도로.

현중은 그런 사람들의 시선을 뒤로하고 달려오는 배의 속도와 거리를 계산해서 한참이나 앞으로 나간 다음에 걸음을 멈췄다.

출렁출렁.

현중이 서 있는 바다에 파도가 치는 것에 따라 현중의 몸도 조금씩 움직이긴 했지만 절대로 빠지거나 하진 않았다.

"좀 더 완벽해진 것 같은데."

현중은 대륙에서 발목까지 잠겼던 것에 비해 지금은 신발의 밑바닥만 바닷물과 닿아 있을 뿐이다.

뒤에서 보고 있는 일행은 무슨 창세기에 나오는 기적 같은 이야기로 생각할지 모르지만, 현중에게 물위를 걷는 것은 하나의 기술에 불과했다.

마나마다 가지고 있는 고유의 특징과 함께 반발력을 이용한 기술 말이다. 단, 극도로 마나를 조절하는 능력이 필요하다는 단점이 있었다.

하지만 치우천황무는 현중의 몸 자체를 단전으로 만드는 무공이었다. 그런 현중에게 물위에 뜨는 정도로 마나를 활성화해서 반발시키는 기술은 그 누구보다 쉬웠다.

그런데 현중이 마나를 보는 눈을 각성하게 되면서 그 단계가 비약적으로 발전한 것이다.

무작정 마나를 반발시켜 물위에 뜨는 게 아니라 바다의 마나 분포도와 밀도를 눈으로 보고 거기에 맞춰서 현중은 자신의 몸 안의 마나를 활성화시키는 단계를 조절하게 되었던 것이다.

상황이 이렇게 되니 현중은 자신의 마나는 훨씬 적게 사용하면서도 보다 완벽하게 물위에 서 있을 수 있게 된 것이다.

"자, 시작해 볼까?"

버뮤다 섬에서 마법진을 그리는 테른과 한 치의 오차도 없이 똑같은 속도로 마법진을 그려야 했다.

그래야만 마법진을 활성화시킬 수 없는 현중을 대신해서

테른이 양쪽의 순간이동 마법진을 모두 제어할 수 있기 때문이다.

수천 킬로미터 떨어진 버뮤다 섬의 테른과 현중이 동시에 마나를 활성화하기 시작했다.

슈슈슈슈~

마법을 거의 수족처럼 다루는 테른과 달리 현중은 무식하리만큼 마나를 쏟아부어서 마법진을 만들어야 하기에, 아마 지구에 돌아와서 이렇게까지 마나를 활성화한 것은 처음이었다.

"수식 정리."

현중이 주문과는 전혀 다른 말을 중얼거리자 현중의 내부에서도 마나가 휘몰아치면서 현중의 몸 주변을 휘감았다.

하지만 휘감기만 할 뿐 별다른 특징은 없었는데,

"정립, 수식 변화, 개진, 연주."

차례대로 알 수 없는 말을 시작하는 현중의 모습을 대륙의 마법사가 봤다면 큰소리를 쳤을지도 모른다. 저렇게까지 무식하고 효율성이 극악으로 낮은 방식으로 마나를 다루는 일은 있을 수 없기 때문이다.

그렇다. 현중은 지금 마나 자체를 가공해서 마법진을 만들려고 하는 것이다.

이건 마법사들에게는 미친놈 소리를 들을 정도로 비효율

적인 방법이었다.

예를 들어, 1의 마나를 이용해서 라이트 마법을 사용하는 것이 보통 마법사들의 방법이다.

하지만 현중이 지금 순간이동을 위해 마법진을 그리는 방법은 20의 마나를 이용해서 라이트 마법을 겨우 사용할 수 있는 마법진을 그리는 것이다.

한마디로 마나가 남아돌아서 펑펑 쓰거나 정말 심심해서 할 일 없는 드래곤들이나 해볼 만한 미친 짓이었다.

그런데 웃기게도 지금 이 마법진을 그리는 방법을 알려준 존재가 바로 대륙에서 현중의 친우이자 드래곤 로드인 발리스터였다.

물론 발리스터도 좋아서 현중에게 이런 무식한 마법진 그리는 방법을 알려준 것은 아니었다.

"어쩌겠나. 자네 몸으로 마법 발현을 하지 못하고, 마나를 수식화해서 효율적으로 마법 사용을 위한 마법진도 그리지도 못하는데……. 그러니 결국 강제로 마나를 비틀고 꼬아서 마법진을 그려야 하지 않겠나?"

발리스터도 현중에게 마법을 가르치고 어떻게든 사용하게 하려고 온갖 노력을 했다. 하지만 결국에 두 손 들고 포기한

쪽은 드래곤인 발리스터였다.

하지만 현중의 재능이 너무나 아까웠던 발리스터는 정말 비효율적이고 미친 짓이지만 강제 마나 변환 마법진 그리는 방법을 현중에게 알려주게 된 것이다.

실제로 대륙에서도 써본 적이 없었다.

현중의 그림자에서 살고 있는 테른이 웬만한 7~8서클 마법을 모두 사용할 줄 아는데 굳이 마법을 스스로 쓸 필요성을 느끼지 못했다. 거기다 말 그대로 시간과 노력에 비해서 강제 마나 변환 마법진은 일반적인 마법사는 그리다가 마나 고갈로 절명할 수도 있는 방법이기 때문이었다.

"강제 마나 변환 마법진 개진!"

현중이 자신의 몸 주변에 휘감아 돌던 마나의 제어를 위한 기초 작업이 끝나자 곧바로 강제 마나 변환 마법진을 활성화시켰다.

촤라라라라락!!

현중의 입에서 강제 마나 변환 마법진의 시동어가 튀어나왔다. 현중의 몸을 휘감던 엄청난 농도로 농축된 마나들이 마치 기다렸다는 듯 사방으로 퍼져 나가기 시작했다.

마치 몸을 웅크리고 있던 천사가 커다란 날개를 하늘을 향해 펼치듯 푸른색의 기하학적인 도형과 글자들이 정확하게 원형을 그리면서 현중의 정면에 그려졌다.

"이제부터가 중요해."

버뮤다에 있는 테른이 만든 마법진과 지금 현중이 만든 마법진을 서로 링크시켜야 하는 가장 중요한 과정이 남아 있었다.

이 모든 게 현중이 마법을 쓸 수 없는 이유 때문이기도 했다.

한마디로 정말 힘들고 어렵게 먼 길을 돌아가야 하는 것이다. 이런 순간이동 마법진 하나 만드는 데도 말이다.

"테른!"

—네, 마스터.

"링크 준비는?"

—이미 출구 쪽 순간이동 마법진 완료했습니다.

"좋아! 좌표는 알고 있겠지?"

—네, 마스터.

"그럼, 시작한다!"

현중의 외침을 시작으로 테른은 모든 정신을 집중해서 현중이 만든 마법진이 있는 좌표를 머릿속에 각인시켰다. 현중은 마나를 동결시킬 준비를 했다.

서로 수천 킬로미터 떨어진 마법진을 링크시키는 방법은 의외로 간단했다.

한쪽이 링크할 마법진에 자신의 마나를 쏘아보내 동기화

시키는 순간, 남은 한쪽은 마나를 동결시키면서 마법진의 권한을 모조리 넘겨 버리는 것이다.

간단하게 타이밍을 맞춰서 현중이 자신이 만든 마법진에 마나 공급을 끊어버리고, 테른은 현중의 권한에서 벗어난 마법진을 자신의 마나를 집어넣음으로써 동기화, 자신의 것으로 만들어 버리는 것이다.

현중은 마나만 죽어라 퍼붓고 만든 마법진을 그대로 테른에게 넘겨주는 셈이 되는 것이다.

하지만 보기에는 참 간단하면서도 단순하지만 그건 모두 타이밍이 정확하게 들어맞았을 때의 이야기였다.

마나는 자연으로 돌아가려는 성질이 강했다. 현중이 애써 만든 마법진에 마나 공급을 끊어버리고 모든 제한을 풀어버리는 순간, 그 순간에 제때 테른이 동기화하지 못하면 현중이 만든 마법진과 함께 테른이 만든 마법진도 함께 사라져 버릴 것이기 때문이다.

"셋."

─둘.

"하나."

─마나 링크!

"마나 동결!"

아주 찰나의 순간 테른의 링크가 먼저 시작되었고, 약간 늦긴 했지만 거의 동시에 현중이 마법진을 유지하던 마나를 끊어버렸다.

스팟!!

웅, 웅, 웅, 웅.

현중이 마나를 끊어버리고 나서도 푸른색으로 빛을 발휘하는 마법진은 그대로 유지되고 있었다.

"성공이군."

―마스터, 링크 성공입니다.

이로써 우선 가장 어려운 단계는 지나간 셈이다.

이제 현중이 할 수 있는 일은 없었다. 링크가 완료되고 양쪽 순간이동 마법진이 동기화된 순간부터 모든 관리는 테른이 하기 때문에 현중은 다시 배로 돌아왔다.

"현중 씨, 저건… 도대체……."

마리아는 현중이 그동안 해온 일은 전부 지켜본 사람으로서 더 이상 쉽게 놀라지 않으리라 다짐했다. 하지만 그 다짐은 허무하리만큼 쉽게 사라져 버렸다.

바다 위를 걸어가는 것은 오히려 애들 장난 수준이었다.

현중의 몸에서 갑자기 푸른빛이 뿜어져 나오더니 커다란 원형이 그려졌다.

그 모습은 마치 천사가 숨기고 있던 날개를 활짝 펴 하늘로 올라가기 위한 준비 자세를 취하는 듯한 광경이었다.

“…아름다워.”

마리아가 현중의 몸에서 뿜어져 나와 허공에 선명하게 빛을 발휘하는 마법진을 보고 느낀 감정이다. 황홀하다 못해 경이롭기까지 한 현중의 마법진은 대륙에서는 마법사들의 욕을 먹을 짓인지는 몰라도 지구에서는 거의 옛날 예수가 앉은뱅이를 일으켜 세운 기적과 같은 현상이었다.

“사람… 이… 맞는지 의심스럽군요.”

알렉산드로도 너무나 무식한 현중의 힘에 무서워는 했지만 경외심은 없었다.

하지만 방금 마법진을 그리는 장면을 보고는 혹시 현중이 전설로만 떠도는 천사가 아닐까 하는 생각이 머릿속에 피어나기 시작했다. 바다 위를 걷고 하늘을 금방이라도 날아오를 듯한 커다란 날개 같은 빛의 띠를 만들어 보이는 모습은 눈속임이나 트릭이 절대로 아니었던 것이다.

“허허허.”

베이스퍼도 현중을 판단하려는 마음을 아예 버렸다.

인간의 잣대로 현중을 판단하기에는 이미 그 수준이 넘어도 한참을 넘었기 때문이다.

혹시라도 신이 있다면 그 사자가 현중이 아닐까 하는 생각을 베이스퍼도 하게 되었다.

“왜 그러죠?”

평상시와 전혀 변함이 없는 현중이 오히려 자신을 놀란 토끼눈으로 바라보는 일행에게 한마디 했다.

그러자 마리아는 어색하게 웃어버렸고, 베이스퍼와 알렉산드로는 헛기침을 하면서 잠시 딴짓을 했다.

현중은 그런 그들을 향해 모른 척하면서,

"아마 재미있는 경험을 할 겁니다."

현중은 자신이 순간이동 마법진을 처음 경험했을 때의 기분이 생각나 일행에게 그렇게 말했다.

하지만 도대체 뭘 말하는지 모르는 일행은 고개만 갸웃거리고 있었다.

탐험선이 현중이 만들어놓은 마법진에 거의 다가갔을 때 현중은 조용히 중얼거렸다.

'테른, 시작해라.'

현중의 시작 명령이 떨어지자,

스팟!!

푸른빛을 발휘하면서 그냥 허공에 있던 순간이동 마법진이 빛을 발휘했다.

푸르면서도 시린, 환한 빛이지만 결코 눈이 부시거나 그런 건 아니었다.

마나의 빛은 물리적인 빛이 아니라 감각적인 빛이라 눈에 전혀 영향을 주지 않는 것이다.

웅, 웅, 웅, 우웅!

환한 빛을 사방으로 뿌려댄 마법진은 그게 끝이 아니었다.

뭔가 공기를 움직이는 듯한 진동음이 들리면서 마법진이 천천히 움직이기 시작했다.

회전을 시작한 것이다.

우웅, 우웅…….

마법진이 회전을 하자 마법진의 원 안이 출렁이듯 공간이 잠시 일그러졌다가 사라졌다.

그리고 일렁거리기를 몇 번 반복하더니 점점 마법진의 중심부터 검게 변하기 시작했다.

"저건……!"

마리아가 가장 먼저 현중이 만든 것이 무엇인지 직감적으로 느낀 듯했다.

"현중 씨, 저거… 설마……."

"빙고!"

현중은 마리아가 뭘 말하려는지 알고 있기에 그냥 장난스럽게 대답했지만 마리아는 믿을 수가 없었다.

"포탈… 이라니……. 말도 안 돼."

포탈이란 오컬트로만 여겨지는 것이다. 인간이 만들어낼 수 있는 성질의 것이 아닌 것이다.

마리아도 가능성과 확률을 따졌기에 포탈이란 것을 어느

정도 인정했을 뿐이지 실제로 포탈이 있을 것이라고는 생각하지 않았던 것이다.

그런데 현중이 보란 듯이 포탈을 만들어서 마리아의 눈앞에 보여줬다.

그뿐인가?

"이제 돌입합니다."

탐험선이 곧장 순간이동 마법진을 향해 달려간 결과, 선미 끝부분이 포탈에 살짝 닿는 게 마리아의 눈에 보였다.

퐁당!

마리아는 마치 물방울이 물위로 떨어졌을 때 들리는 듯한 맑고 깨끗한 소리가 귀에 들리는 듯했다.

쑤우욱!!

아주 살짝 탐험선의 선미 끝부분이 마법진에 닿았을 뿐인데 놀라운 일이 벌어졌다.

"으악!!"

"저건 뭐야!!"

갑자기 탐험선 전체가 모든 물리학적 법칙을 벗어난 듯 비틀리기 시작했다.

탐험선만 비틀렸나? 그게 아니라 탐험선의 모든 것이 비틀렸다.

사람은 기본이고 탐험선 안에 있는 작은 숟가락 하나조차도 나선형으로 비틀어지기 시작한 것이다.

거기다 살아 있는 듯 흐물흐물하기까지 했다.

"재미있죠?"

모두가 갑작스런 변화에 당황해서 정신이 없는 와중에 현중은 오히려 익살스럽게 웃으면서 재미있지 않느냐고 물었다.

"현중 군!! 이게 재미있어 보이는가!!"

너무 당황한 베이스퍼가 고래고래 소리치면서 현중을 향해 자신도 모르게 윽박질렀지만 현중은 아랑곳하지 않았다.

"신기하죠?"

마리아를 보면서 다시 물어보던 현중은 마리아의 표정 때문에 결국 폭소를 터뜨렸다.

"푸하하하하! 재미없나 보네요."

눈은 놀란 토끼마냥 크게 뜨고 입은 억지로 웃고 있으면서도 표정은 완전히 굳어 있는 마리아의 모습을 보자 현중도 웃지 않을 수가 없었다.

"가죠. 우리의 목적지 버뮤다 섬으로."

탐험선의 모든 것이 완전히 비틀어져 나선으로 꼬여 버리는 것이 완료되자 더 이상 탐험선은 흐물거리지도 않았다.

대신 탐험선의 모든 것이 떨기 시작했다.

덜덜덜덜, 덜덜덜덜.

마치 진동기로 탐험선 전체를 두드리는 듯한 느낌이 모두에게 전해졌을 때쯤이다. 하수구에 물이 빠지듯 탐험선이 순간이동 마법진 속으로 빨려들어 가버렸다.

커다란 탐험선이 순식간에 마법진 속으로 거짓말처럼 사라져 버리고 나서, 현중이 만든 강제 마나 변환 순간이동 마법진은 허공 속에 서서히 부서지듯 사라지기 시작했다.

완전히 마법진이 사라지고 난 후 마법진의 흔적인 듯 보이는 아주 작은 푸른색의 물방울 하나가 허공에서 바닷물 위로 떨어졌다.

퐁당~

맑은 소리를 낸 푸른 물방울은 그렇게 조용히 바닷물과 동화되어 사라져 버렸다.

Chapter 04
경험이란

바다 한가운데에서 탐험선이 사라지는 것과 동시에 모습을 드러낸 곳은 버뮤다 삼각지에서 가장 꼭짓점에 해당하는 섬인 버뮤다 인근 해역이었다.

쑤우우욱~

아무것도 없는 허공에 마법진이 푸른빛을 발휘하더니 마치 커다란 입에서 토해내듯 탐험선을 바다 위로 뱉어냈다.

출렁~

마법진을 완전히 벗어난 탐험선이 잠시 파도에 출렁거리면서 약간 흔들리긴 했지만 아무런 이상 없이 인도양에서 북대서양에 있는 버뮤다 섬까지 날아온 것이다.

"……."

"……."

"……."

선미에서 현중의 기적과 같은 마법을 직접 경험한 마리아와 베이스퍼, 알렉산드로는 도대체 자신들이 경험한 것이 뭔지 생각할 여유도 없었다.

무언가 지나왔다고 생각하는 순간 주위의 풍경이 완전히 바뀌어 버린 것이다.

분명히 인도양 한복판에 있었는데 정신을 차려보니 바닷물 색부터 완전히 다른 곳에 와 있다.

삐~ 삐~ 삐~ 삐~

마리아가 허리에서 요란하게 울어대는 작은 기계를 잠시 멍한 눈으로 바라본 후,

"…목적지에 도착했네요."

허무하리만치 담담한 목소리로 말했다.

마리아가 허리에 차고 있는 것은 GPS였다.

목적지에 도착하면 자동으로 위치를 감지해서 알려주는 기계였고, 마리아는 목적지를 버뮤다 삼각지대에 있는 버뮤다 섬으로 입력해 놓은 상태였던 것이다.

그 GPS가 신호를 보냈다는 것은 오직 하나다.

목적지인 버뮤다 섬에 도착했다는 것이다. 그리고 그것을 증명이라도 하듯 옆에 섬이 하나 보였다.

"…하하하, 하하하……!"

"…그냥… 그러려니 해야지. 안 그런가, 다들?"

수천 킬로미터를 무슨 문을 열고 지나오듯 날아왔다. 그것도 단 몇 초 만에 말이다.

그리고 마리아는 현중이 어째서 세계 곳곳을 몇 초 만에 옮겨 다니는지 대충 알 것 같았다.

"이건… 사기잖아요, 현중 씨. 정말……."

인간의 능력을 벗어난 힘이다.

시간과 공간을 초월한다는 설명밖에 더 이상 할 말이 없는 능력이다.

순간이동? 웜홀? 뭐든 상관없었다.

현중이 탐험선의 모든 이들에게 보여준 것은 그 무엇으로도 설명이 되지 않을 테니 말이다.

오죽하면 베이스퍼가 작게 웃으면서 그러려니 하자고 하겠는가?

"그렇겠죠, 스승님?"

마리아와 베이스퍼가 서로 마주 보고는 고개를 끄덕이자 알렉산드로는 고개를 흔들면서,

"혹시… 등에 날개가 있는 것 아닐까?"

독실한 가톨릭 신자인 알렉산드로는 혹시나 현중의 등에 커다란 날개가 금방이라도 튀어나와 하늘을 가득 뒤덮을 것 같은 착각을 하기도 했다.

"자, 서둘러요 "

마리아는 최대한 책임자답게 가장 먼저 정신을 차리고 선원들과 용병들을 다독여 주변을 살펴보게 했다. 조금 전처럼 잠수함이 또 몰래 따라오는 것은 정말 사절이기 때문이다.

다들 출발한 지 하루도 안 되어서 버뮤다 섬에 도착했다는 말을 믿지 못했지만 GPS부터 항법 장치까지 총동원해도 자신들이 있는 곳은 인도양이 아니라 북대서양, 그것도 목적지인 버뮤다 섬에 도착했다는 것만 나오니 믿지 않을 수가 없었다.

잠깐의 혼란이 있긴 했지만 어차피 이번 임무 자체가 특수임무이기에 다들 사사로운 것은 그냥 넘기기로 했다.

우연인지 다행인지 탐험선이 순간이동 마법진을 통과할 때 밖으로 나와 있는 인원은 한 명도 없었던 것이다.

물론 선장과 조정실에 있는 인원이 보긴 했지만 그들은 수십 년을 바다에서 생활해 온 사람들로, 놀라긴 했지만 겉으로 표현하진 않았다. 그리고 마리아를 그만큼 믿고 있기도 했다.

특별하게 탬플재단에서 선발한 선원과 선장이니 절대적인

신뢰를 보여주는 것이다.

"저기… 그런데… 현중 씨."

"네?"

마리아는 한 시간가량 주변을 정리하고 상황을 살펴본 다음 겨우 안정을 찾았다. 그런데 전혀 생각지 못한 문제가 하나 생겨 버린 것이다.

"그게… 메로우가 아직 버뮤다 섬에 도착하지 않았어요."

"……?"

무슨 말인지 현중이 이해를 못하자,

"그게… 원래 저희가 뱃길로 15일 정도 예상하고 출항하는 날로부터 15일째 되는 날 버뮤다 섬에서 만나기로 했거든요."

"아……!"

현중은 그제야 마리아가 하는 말이 이해가 되었다.

한마디로 너무 일찍 와버린 것이다. 물론 일찍 왔다는 표현도 부족할 만큼 버뮤다 섬에 탐험선이 빨리 와버린 바람에 정작 아틀란티스로 들어가는 길의 입구를 열어야 하는 존재이자 열쇠인 인어 메로우가 도착하지 않은 것이다.

"혹시 추적이 가능한가요?"

현중이 슬쩍 물어보자 마리아는 고개를 흔들고는,

"메로우가 그런 것을 싫어해서 우선 매일 자신의 위치를 저에게 알려줄 수 있는 GPS 송신기만 줬어요."

"이런……."

그 말은 메로우가 자신의 위치를 마리아에게 송신하지 않는 이상 저 넓은 바다 어디에 있는지 찾을 방법이 없다는 말이다. 솔직히 현중도 지구 전체를 마나 영역과 기감 영역으로 감싸는 방법을 동원하지 않는 한 메로우를 찾을 방법이 없었다.

하지만 현중이 최대로 펼쳐도 50㎞가 한계인 현재 상황으로는 메로우를 당장 찾을 방법이 전혀 없는 것이다. GPS로 위치가 연락 오기 전까지는 말이다.

"음……."

왜 메로우를 바다로 돌려보냈는지는 묻지 않았다.

마리아가 그런 것을 허투루 처리하는 성격이 아님은 현중도 잘 알고 있었기 때문이다. 뭔가 이유가 있기에 바다로 돌려보내고 만나기로 약속했다고 그는 추측했다.

하지만 결과적으로 이렇게 되니 마리아가 메로우를 바다로 돌려보낸 것이 잘못한 일이 되어버렸다.

"…그게 설마… 현중 씨가… 탐험선을 통째로… 버뮤다 섬으로 옮겨올 줄은 전혀 예상치 못했거든요."

"하긴 그러네요."

결과적으로 현중 때문에 일정에 공백이 생겨 버린 것이다.

물론 나쁜 건 아니지만 최소 하루에서 이틀 정도의 공백이 생겼다.

메로우가 GPS로 자신의 위치를 보내기 전까지는 말이다.

"기다리죠."

"그래야겠죠?"

"별수 없죠. 상황이 이런데."

여유있는 표정으로 싱긋 웃은 현중은 선미에 그대로 앉아서 푸른 바다를 바라보았다. 마리아는 현중을 떠나 다시 선장실과 여러 곳을 돌아다니면서 최대한 여유가 있을 때 여러 가지 점검을 마치려는 듯 바쁘게 움직였다.

"쩝, 괜히 순간이동 마법진을 썼나?"

본래 현중은 순간이동 마법진까지 사용해서 탐험선을 통째로 옮길 생각이 전혀 없었다.

적당히 도와주고 뒤에서 모습을 드러내지 않고 움직일 생각이었는데 러시아 핵 잠수함이 나타나면서 꼬여 버린 것이다.

거기다 아틀란티스가 어떤 식으로 변해 있는지 모르는 상황에 탐험선을 두고 갈 수도 없었다. 그러다 보니 탐험선까지 통째로 옮길 필요가 있었던 것이다.

"쩝. 이왕 하는 거 편하게 갈 생각으로 왔더니 오버했군."

잠수함의 탐지 거리를 벗어나는 것이나 버뮤다까지 이동

하는 것이나 순간이동 마법진을 이용할 것이라면 거리는 더
이상 문제가 되지 않는다는 단순한 생각으로, 이왕이면 다홍
치마라고 잠수함을 벗어난 것도 모자라 아예 버뮤다 섬으로
목적지를 바꿔 버린 것이다.

"뭐… 기다리면 연락이 올 것이고, 그럼 나나 테른이 가서
데리고 오면 되니까."

위치만 알면 찾는 건 식은 죽 먹기보다 쉬웠다.

테른이 가도 되고 현중이 직접 가도 된다. 가서 메로우를
찾아서 데리고 오면 되니까 말이다.

뜻하지 않게 현중과 탐험대는 그렇게 시간적 여유가 생겨
버렸다.

＊　　＊　　＊

철썩! 철썩!

"하늘은 높고 바다는 넓구나."

현중은 선미에 홀로 누워 하늘을 보다 바다를 보다 그렇게
시간을 보내고 있었다.

"혼자 그렇게 있으면 심심하지 않아?"

"……?"

현중이 슬며시 눈동자만 돌려 보니 데이비드가 현중의 곁

으로 다가와서 슬며시 앉았다.

"별로."

현중은 눈을 지그시 감은 채 짧게 대답했다.

"쩝, 원래 그렇게 무뚝뚝한가?"

"응."

"……."

데이비드는 뭔가 대화라도 해볼 요량으로 한참 전부터 선미에 홀로 누워 있는 현중을 살펴보다가 다가왔다. 하지만 대화를 이어갈 만한 꼬투리가 전혀 잡히지 않는 현중의 단답형 대답에 몇 마디 말만 했을 뿐 침묵만 이어졌다.

"……."

대략 5분가량 입이 근질거리는지 뭔가 입술만 들썩거리면서 우물거리던 데이비드는 결국 견디지 못하고 입을 열었다.

"이봐, 현중."

"왜?"

무미건조한 현중의 짧은 대답에 데이비드도 이제는 그냥 그러려니 했다.

"바로슈 백작을 어떻게 생각해?"

"……?"

현중은 데이비드의 엉뚱한 질문에 슬그머니 눈을 뜨고 그제야 데이비드를 바라보면서,

“마리아 씨?”

“그래, 바로슈 백작 말이야.”

진지하게 굳은 표정으로 현중을 바라보는 데이비드의 모습에 현중은 피식 웃었다.

지금 데이비드는 누가 봐도 질투하고 있다는 것을 얼굴에 모두 드러내 놓고 있지 않는가? 마치 어린애처럼 현중의 대답을 기다리는 데이비드의 모습에 실소를 보내고는,

“미인이지.”

“……!”

현중의 대답에 슬쩍 긴장하는 데이비드였다.

“몸매 좋지.”

“……”

입술을 지그시 깨물기 시작하는 데이비드였다.

“배경 빵빵하지.”

“……”

얼굴에 살짝 경련이 일어날 만큼 굳어진 데이비드였다.

“멋진 여자지.”

현중은 이미 데이비드의 마음을 모두 알고 있으면서도 솔직하게 객관적으로 자신이 생각하는 것을 모두 말했다.

이미 일반적으로 마리아를 바라보는 모든 남자들의 시선은 현중과 동일할 것이다.

하지만 데이비드는 현중의 입에서 그런 말이 나오자 그냥 흘려들을 수 없었다. 지금까지 마리아와 현중의 모습을 뒤에서 가만히 지켜본 데이비드는 직감적으로 느낄 수 있었다.

'연적이다!'

현중을 자신의 사랑의 라이벌로 생각한 것이다.

물론 현중은 아예 안중에도 없지만 말이다.

"멋진… 여자지. 바로슈 백작은 말이야."

애써 아무렇지 않은 듯 말하려고 하지만 목소리가 떨리는 것까지는 어찌하지 못하는 데이비드였다. 그런 데이비드의 모습에 현중은 다시 피식 웃으면서 누워 있던 자세에서 슬며시 일어나 앉아,

"마리아 씨가 그렇게 좋아?"

라고 현중이 묻자 데이비드는 현중을 똑바로 바라보면서,

"내 목숨을 내어줄 수 있을 만큼 사랑해!"

단호하게 말했다.

마치 현중에게 마리아는 자신의 여자니까 넘보지 말라고 경고하는 것처럼 말이다. 하지만 그런 데이비드의 대답에 현중은 입가의 미소를 차갑게 지워 버렸다.

"목숨을 내어줄 만큼 사랑한다……."

끄덕!

데이비드는 다시 한 번 강하게 고개를 끄덕였다.

하지만 현중은 뭔가 마음에 들지 않았다. 목숨을 내어줄 만큼 사랑한다라……

"멍청하군."

"응?"

갑자기 현중의 입에서 거침없이 독설이 튀어나왔다.

물론 그걸 듣고 있던 데이비드도 설마 그런 말이 튀어나올 줄은 몰랐는지 당황했다. 아랑곳하지 않고 현중은 데이비드를 똑바로 보면서,

"만약에 데이비드 네가 마리아 씨를 대신해서 죽어버리면… 그 후에는?"

"뭐?"

전혀 생각지 못한 질문에 데이비드가 살짝 당황하자 현중은 재차 물었다.

"대신 죽고 나서 남겨진 사람은… 어쩌라는 거지? 자기를 대신해서 죽은 사람을 평생 기억하면서 살아가라고? 아니면 네가 죽은 만큼 열심히 살아가라고?"

데이비드는 전혀 생각지 못한 현중의 질문에 당황하며 머릿속이 복잡해졌다.

거기다 현중이 갑자기 얼굴을 들이밀어 데이비드의 코앞까지 다가와서는,

"그따위 로맨틱한 사탕발림으로 사랑을 이야기하려면 나

에게 말고 마리아 씨에게 직접 말해보지그래?"

"그게… 무슨……."

"남겨질 자의 슬픔을 생각한다면… 목숨을 대신 버린다는 말은 함부로 하는 게 아니야. 남겨진 자는 평생… 슬픔을 가지고 살아야 하니까."

슬픔이 진하게 묻어 있는 듯한 현중의 말에 데이비드는 뭐라고 변명조차 하지 못한 채 그 자리에서 힘없이 일어나 가버렸다.

현중의 곁을 떠나 걸어가는 데이비드는 계속 중얼거렸다.

"남겨진 자의… 슬픔… 슬픔… 슬픔……."

데이비드 자신은 한 번도 생각해 본 적이 없는 것이다. 기사가 자신이 사모하는 레이디를 위해서 싸우고 목숨을 거는 것은 당연한 것이라고 생각하는 데이비드다.

그런데 현중의 거침없는 독설을 들은 데이비드는 머릿속이 복잡했다.

단 한 번도 남겨진 자의 슬픔에 대해서는 생각해 보지 않았던 것이다.

하지만 그렇게 독설을 남긴 현중도 표정이 좋지만은 않았다.

"바보 같군. 말하기 좋아하는 녀석들의 사탕발림을 듣고 발끈하다니."

현중은 고아다.

가장 중요한 시기에 한꺼번에 부모님을 모두 잃어버렸다.

그렇게 자라오고 살아온 현중에게 목숨을 버려도 되는 것처럼 쉽게 말하는 데이비드의 생각 없는 모습은 가슴 깊은 곳에 잠들어 있던 아픔을 건드린 것이나 다름없었다.

그리고 자신도 한심하게 생각할 만큼 발끈해 버렸다.

"바보 같군. 나도."

결국 현중은 그렇게 선미에 홀로 바다만 바라보고 있었다.

한참동안을 말없이.

*   *   *

"아, 미치고 팔짝 뛰겠네."

오희연은 사무실에서 혼자 컴퓨터 도면과 씨름을 하면서 벌써 며칠째 밤을 새우고 있는지 기억도 하지 못하고 있었다.

대차게 현중과 면담을 해서 기획안을 통과시킨 것까지는 좋았지만 리더라는 이유로 가장 골치 아픈 단말기 부서를 맡게 된 오희연은 이미 머리는 파김치였고 피부는 푸석하다 못해 메마른 사막의 갈라진 바닥 같이 변해가고 있었다.

"아, 왜 내가 이 고생을 해야 하는 건데? 정말……."

몇날 며칠을 밤새우다 보니 이제 남은 건 스트레스밖에 없는지 야밤에 혼자 남은 사무실에서 소리치고 사무실을 방방 거리며 뛰어다니는 것은 이제 심심치 않게 보는 광경이 되어 버렸다.

하지만 그것도 잠시, 다시 컴퓨터 앞으로 돌아와 수백 장의 단말기 디자인과 여러 가지 자료를 보면서 다시 일에 파묻혀야 했다.

띠리리리, 띠리리리~

"여보세요."

[팀장~]

"나 지금 기분 별로거든."

오희연은 수화기 너머에서 들리는 진하게 술에 취한 류현욱의 목소리를 듣고는 신경질적으로 대답했다.

[딸꾹~ 팀장~ 드디어 광역시는 모두 와이파이 존~ 설치 완료했습니다. 하하하하하!]

아마 광역시에 3일 만에 와이파이 존 설치 계획을 완료한 것이 기분이 좋은지 술 한잔한 듯했다.

"그래, 수고했어. 이제 어디로 갈 건데?"

[내일 바로 제주도… 딸꾹~ 갑니다, 팀장.]

"예쁜 척하지 마라. 징그럽다."

[헤헤헤헤, 울 예쁜 팀장, 수고해요~]

딸각~

"이… 스트레스 덩어리들."

오희연은 류현욱의 전화를 받고 오히려 스트레스를 더 받았다.

지금도 매일 와이파이 존에 딱 맞는 단말기는 언제 출시하느냐는 질문이 수도 없이 들어오고 있었다. 거기다 이 5인방의 나머지 네 명은 무슨 능력이 그리 좋은지 무려 7일 만에 서울을 비롯해서 광역시는 지하에서까지 완벽하게 와이파이 존이 터지도록 설치를 끝마쳐 버렸다. 말 그대로 돈과 인력을 그냥 들이붓다시피 해서, 전쟁을 치르는 것처럼 지도에 표시된 곳은 눈에 띄는 대로 우선 설치하고 보자는 식으로 진행한 것이다.

상황이 이렇다 보니 와이파이 존은 설치가 빨리 되고 있는데 그걸 사용할 단말기가 전혀 없는 웃기는 상황이 벌어져 버렸다.

"내가 이것들 때문에 미쳐. 뭐가 그리 급하다고 7일 만에 광역시 와이파이 존 설치를 끝내 버린 거야. 날 피 말려 죽이려고 작정을 했구먼, 했어."

처음에는 그냥 노트북을 출시하려고 했다. 가격 좀 저렴하게 해서 무선 전용으로 말이다. 하지만 현중이(테른이 현중으로 변신해 있음) 단박에 보고서를 찢어버렸다.

이유는 간단했다.

"단가가 비싸. 그리고 무거워. 쓸데없이 크다."

이렇게 세 가지 이유를 들어서 보고서를 보자마자 찢어버린 것이다.

그리고 PDA를 살짝 개조해서 올려봤다. 이미 중소기업 중에 PDA를 출시한 곳이 몇 군데 있기에 그곳에서 물건을 받으면 당장 내일이라도 출시가 가능하기 때문이다.

하지만 현중은 또다시 단번에 보고서를 찢어버렸다.

"느려."

그렇다. PDA는 와이파이를 사용할 수 있긴 하지만 너무 느린 것이다.

상황이 이렇게 되니 오희연만 지금 죽어나고 있었다.

벌써 며칠째 회사에서 숙식을 하고 있는지 스스로도 잊어버릴 지경이다.

거기다 현재 프로젝트 팀으로 옮겨온 사무실은 오희연 혼자 사용하고 있었다. 아무도 고생할 것이 눈에 보이는 곳으로 오려 하질 않기 때문이다.

가끔 5인방 중 네 명이 번갈아 가면서 서울에 올라오면 사무실에 들르긴 하지만 그냥 파이팅이나 안부의 말만 전할 뿐 각자 일이 있기에 앉아서 커피 한 잔 마시면서 이야기할 여유도 없었다.

"이대로라면 다음 달이면 주요 도시는 와이파이 존이 모두 설치가 완료될 것 같은데… 어쩌지."

스트레스로 원형탈모가 생기기 직전까지 내몰린 오희연은 도저히 이대로는 스트레스로 죽을지도 모른다는 위기감을 느껴 잠시 밖으로 나왔다.

"후하! 정말 세상은 이렇게 좋은 건데 말이야."

오희연은 가슴이 뻥 뚫리는 듯 차가운 도시의 밤공기를 가슴 깊이 들이마시고 내쉬는 동작을 반복했다. 그러다가 벤치에 앉아서 잠시 하늘을 바라보았다.

하지만 곧 자신의 손에 들려 있는 서류에 눈이 가고 말았다.

"젠장, 일거리에서 벗어나질 못하는구만."

오희연은 그냥 생각없이 서류를 몇 번 뒤적거렸다. 특별하게 뭔가 집중해서 본 것도 아니고 마음을 완전히 비우고 말 그대로 건성으로 서류를 뒤적거렸다.

그런데,

"응?"

서류 몇 장을 뒤적거리다가 뭔가 머릿속에 띠링 하는 알림이 울리듯 번뜩 생각이 떠올랐다.

그리고 곧바로 자료 중에서 세 장의 서류를 꺼내 나란히 펼쳐 놓고는 유심히 바라봤다.

"PDA폰… 리눅스… 태블릿 PC……."

정말 우연히도 가장 구석에 있던 자료를 생각없이 집어왔는데 그 자료 속에 세 가지 제품이 들어 있었던 것이다.

어떻게 보면 연관성이 별로 없어 보일 수도 있다.

그렇지만 오희연은 머릿속에 마치 번개가 뇌리를 강타한 듯 온몸에 전율이 흐르는 것을 느꼈다.

"액정을 조금 더 키우고… OS는 리눅스를 쓰고… 모양은… 태블릿 PC 형식으로 만든다면?"

그때부터 커다란 벽에 막힌 듯 무기력하던 오희연은 사라지고 없었다.

아이디어가 떠오르자 즉각 옆의 자료를 베이스로 해서 급히 스케치를 하기 시작한 것이다.

시작은 그저 작은 아이디어였다.

업무 스트레스에 압박을 받던 어느 신입사원이 아무 생각 없이 집어 든 자료에 들어 있던 세 가지 제품의 자료는 그렇게 오희연의 머릿속에서 하나로 합쳐지기 시작한 것이다.

"PDA는 느려. 그건 버그가 많고 복잡하고 무겁기 때문이야. 과감하게 버려!"

오희연은 과감하게 뺄 건 빼고 넣을 건 넣고 자료를 정리하더니 단 30분 만에 기발한 아이디어를 가진 제품을 만들어냈다.

"액정은 7인치에 버튼은 다섯 개 정도, 배터리는 휴대폰처럼 탈착식으로 하고, OS는 리눅스를 기반으로 쓸데없는 기능을 빼고… 와이파이와 인터넷 검색에 최적화한다면……."

정리된 자료를 하나로 묶어서 다시 보자 오희연은 앞날에 뭔가 서광이 비치는 듯했다.

"생긴 건… 꼭 패드처럼 생겼으니까… W패드라고 이름을 지을까?"

PT 자료까지 정리하고 나서 자료의 이름을 정할 때, 우연히 와이파이의 'W'와, 모양이 꼭 마우스패드처럼 생겼다고 하여 '패드'를 붙여서 'W패드'라고 이름 붙였다.

그런데 이게 이름 그대로 출시가 될 줄은 오희연도 이때는 몰랐다.

방향이 정해지자 오희연은 그때부터 정신없이 바쁘게 움직이기 시작했다.

가장 먼저 현중(현중으로 변신한 테른)에게 보고서를 올리자 시원하게 통과를 받았고, 그러자마자 백방으로 뛰기 시작했다.

대동그룹에서 이미 국내에서 처음으로 PDA폰을 출시한 적이 있다. 시빅이라는 이름으로 출시는 했지만 워낙 느린 속도와 부족한 콘텐츠, 통화가 자주 끊기고 통화음 불량에 여러 가지 버그도 많고 해서 크게 사랑받지 못하고 있는 형편이었다. 물론 시빅의 기본 OS는 MS사의 윈도우가 기반이었다.

시작 단계라서 그런지 문제도 많고 욕도 많이 먹고 있는 형편에 대동그룹의 불화까지 겹치면서 거의 영업 정지 상태에 있는 상황인 부서에 전화를 걸어 회장님의 허락을 받았다는 명령을 앞세워 현재 생산되고 있는 PDA폰을 전량 정지시키도록 했다.

그리고 창고에 가득 쌓여 있는 액정 패널을 활용해서 7인치 터치 패널을 만들도록 다시 조정한 것이다.

"그걸 어떻게 하란 말입니까?"

당연히 공장 쪽에서는 난리가 났다. 갑자기 7인치짜리 터치 액정 패널을 생산해 내라니 그게 애들 장난도 아니고 말이다. 하지만 어쩌겠는가, 회장의 명령이라는데.

"…알겠습니다."

월급 주는 오너가 하라고 시키면 해야 하는 게 월급쟁이들이다. 솔직히 거의 공장이 정지 상태라서 딱히 다른 할 일도 없어 크게 반발할 수도 없었다. 놀면서 월급 받는 것도 눈치 보이기 시작한 것이다.

그렇게 터치 패널 문제를 넘기자 곧바로 OS 문제로 오희연은 바쁘게 움직여야 했다.

윈도우 기반은 느리고, 무겁고, 비싸다는 단점이 있었다. 특히 OS를 사용하는 데 돈을 지불해야 하기에 단말기 가격이

비싸지는 데 한몫하는 것이다.

그러다 보니 오희연은 자신이 대학 시절에 만졌던 리눅스가 떠올랐다. 무료에 전 세계 어디서나 쉽게 베이스를 구할 수 있고 사용하는 것이 조금 복잡하다는 단점이 있긴 했지만 그건 손보면 되는 것이다.

이미 윈도우 형식으로 보편화해서 사용하는 해커들도 제법 많았다. 다만 모두 제각각이기에 통일성이 없을 뿐이었다.

"…누굴 부르지."

리눅스는 프로그램에 정통한 사람이 필요했다. 모든 프로그램 코드를 직접 작성해서 실행하기 때문에 해커 출신이 제격인데 현재 딱히 오희연이 알고 있는 해커가 없는 게 문제였다.

그러다 보니 우선 가장 가까이 있는 나머지 4인방에게 각자 전화를 걸기 시작했다.

"혹시 잘 아는 해커 없어?"

[해커요? 갑자기 왜 해커를?]

뜬금없이 해커를 찾는 오희연의 물음에 류현욱은 생각해 봤지만 그도 대학 때는 취업에만 집중했기에 딱히 아는 사람이 없었다. 그렇게 류현욱을 거쳐 차준현과 이동욱까지 별 성과가 없었다.

그리고 마지막으로 최연옥에게 전화를 걸었을 때,

[해커요?]

뭔가 말을 늘어뜨리는 최연옥의 말투에 오희연은 이상하다는 느낌을 받았다.

"왜? 혹시 아는 사람이 있어?"

[…그게… 하나 있긴 한데…….]

"그래?"

오희연의 머리에 광명이 비추는 듯했다.

그런데,

[그게… 헤어진… 남자친구라서요.]

"……."

헤어진 남자친구라는 이야기에 오희연도 잠시 침묵해 버렸다. 그러다가 조용히 최연옥에게 물었다.

"…좋게 헤어졌어? 아니면… 나쁘게 헤어졌어?"

중요했다. 그냥 좋게 헤어졌으면 가능성이 높기 때문이다.

[…그게… 그 남자친구… 교도소에 들어가는 바람에 헤어졌어요.]

"……."

오희연은 할 말을 잃어버렸다. 교도소에 들어가서 헤어졌다니.

"…혹시 연락 가능해?"

[…그게… 안 한 지 1년이 넘어서……. 팀장, 꼭 필요해요?

해커가?]

　최연옥은 하기 싫은 티를 팍팍 내면서 오희연에게 물었지만 오희연의 대답은 오직 하나였다.

　"무조건 연락해서 경과 보고해."

　[팀장!]

　"시끄러. 지금 우리가 찬밥 더운밥 가리게 생겼어? 해커 없으면 우리 지금 프로젝트 다 망해. 망한다고. 알겠지?"

　[…팀장……!]

　"시끄럽고, 이건 팀장으로서 명령이야. 무조건 연락해서 서울 본사 사무실로 데리고 와. 무조건!"

　[…네. 연락은 해볼게요. 하지만 기대는 마세요.]

　싫은 내색을 팍팍 풍기면서 억지로 대답하는 최연옥을 향해 오희연은 쐐기를 박았다.

　"해커 없으면 너랑 나랑 우리 팀 모두… 회사 잘린다. 아니… 수조 원의 이번 프로젝트가 그냥 공중분해 될 수도 있어. 알지? 수조 원이야. 지금 광역시 와이파이 설치에 들어간 돈만 해도……."

　[알아요, 팀장. 쳇, 알았다구요. 그건 팀장보다 제가 더 잘 아요. 하면 될 거 아니에요, 하면.]

　"그럼 무조건 목을 묶어서라도 끌고 와. 근데 그 사람 교도소에는 왜 간 거야?"

[…일찍도 물어보시네요.]

해커가 있다는 말에 기뻐서 앞뒤 상황도 듣지 않고 무조건 데리고 오라고 했지만 막상 교도소가 계속 마음에 걸린 오희연이다.

"말해봐. 설마… 무슨 살인죄?"

[그런 거 아니에요. 그 뭐냐, 청와대 해킹해서 대통령 사진에 가운뎃손가락을 편 그림을 그려 놓고, 미국 대사관을 해킹해서 미국 대통령 얼굴을 영구 사진으로 바꿔놓고… 뭐, 그런 장난을 쳤나 봐요. 미국 대사관이랑 청와대라는 게 문제가 돼서 교도소 들어갔지만요.]

"그래?"

오히려 오희연은 청와대와 미국 대사관을 가지고 놀았다는 말에 더욱 끌렸다.

"무조건 데리고 와."

[알았어요, 팀장.]

헤어진 최연옥에게는 미안하지만 지금의 상황은 과거의 사정 때문에 머뭇거릴 만큼 한가롭지가 않았다. 자신있게 올해 안에 완료하겠다고 큰소리 땅땅 쳤으니 길 가는 고양이 손이라도 필요하다면 빌려야 할 상황이다.

정말 뭔가 차질이라도 빚어지는 날에는 수조 원이 그냥 허공으로 날아가는 게 눈에 보이니 오희연에게 헤어진 남자친구 따위의 사정은 눈에 보일 리가 없었다.

그렇게 이야기하고 난 오희연도 기분이 좋을 리가 없었다. 과거의 연인을 찾아오라고 윽박 질러놨으니 말이다.

"미안하다. 하지만 어쩔 수 없잖아. 잘못하면 우리는 정말 역적이 될 판이니까."

국민적 관심도도 높고 와이파이를 실제 사용하는 사람들의 공감대가 형성되고 있는 상황이다.

대동그룹의 이미지가 조금씩 좋아지고 있고 국민을 생각한다는 목소리까지 나오고 있는 마당에 여기서 자칫 실패하면 정말 대한민국에서만큼은 역적이 되기에 충분했다.

물론 스스로 자초한 일이긴 했지만 본래 오희연을 비롯해 5인방이 생각한 것 이상으로 스케일이 커져 버렸기에 지금 감당할 수 있는 한계를 오락가락하고 있는 그들이었다.

며칠 뒤, 최연옥은 정말로 전 남자친구를 데리고 오희연의 사무실에 나타났다.

"이쪽이 제 전 남자친구인 최석호예요."

비리비리하니 안경을 쓰고 연약해 보이는 인상을 상상했던 오희연은 최연옥이 데리고 온 남자, 최석호를 보고는 조금 놀랐다. 근육질에 호남형이고 짧은 머리카락이 마치 해병대를 갓 제대한 남자의 인상을 주었기 때문이다.

"놀랐죠? 해병대 출신답게 남자답긴 해요."

"험험."

최석호는 괜히 헛기침을 하면서 모른 척했지만 해병대를
나왔다는 것에 제법 자부심이 있는 듯했다.

"반가워요. 전 오희연이에요. 지금 프로젝트 팀장을 맡고
있어요."

"최석호라고 합니다."

오희연과 최석호는 그렇게 만났다.

의외로 대학 동아리 시절에 프로그램을 좀 만졌던 오희연
은 최석호와 이야기가 잘 통했고, 곧 서로 친하게 이야기를
하는 상황이 되었다. 그런데 상황이 이렇다 보니 오히려 최연
옥이 뻘쭘하니 옆에 꿔다 놓은 보릿자루마냥 멍하니 이야기
를 듣기만 하는 모습이 되었다.

"좋아요. 그럼 이미 개발해 놓은 플랫폼이 있단 말이죠?"

"네. 뭐 2개월 잠깐 들어갔다 오긴 했지만 큰 죄도 아니고
제가 사과하니까 금방 풀어주더군요. 대신 국가에서 크래커
들 추적하는 일을 잠깐씩 도와줬는데 그것도 6개월 전부터
들어오지 않더군요. 저보다 실력 좋은 사람들이 많으니까
요."

"저희는 국가에서 탐낼 만한 실력을 원하는 게 아니에요.
이걸 원하는 거죠."

본격적으로 오희연이 설명에 들어가고 최석호와 최연옥은 한참을 들었다.

하지만 놀라서 적극적으로 호응하는 최석호와 달리 최연옥은 무슨 말인지 도통 알아듣지 못하고 있었다.

그 모습에 오희연은 최연옥에게는 미안하지만 서로 헤어진 게 최석호가 교도소를 들어갔기 때문이 아니라 서로 성격과 관심사가 달라서 맞지 않았을 것이라고 대충 짐작했다.

"그거라면… 대충 맞는 플랫폼이 있긴 한데……."

오희연의 설명을 다 들은 최석호는 그녀가 원하는 형식에 리눅스 변형 플랫폼이 이미 있다고 말했다.

"본래 PDA에 사용하려고 만들던 거라 약간만 손보면 되긴 하지만… 음……."

잠시 고민하는 듯하더니 최석호는 오희연을 보면서,

"대신 조건이 있습니다."

"뭐죠?"

"저 취직 좀 시켜주세요."

당당하게 취직시켜 달라고 말하는 최석호의 모습에 오희연은 오히려 반가운 듯 손을 내밀면서,

"사람을 영입하거나 뽑는 권한은 이미 제가 회장님으로부터 위임을 받았어요. 원한다면 당장이라도 대동그룹에 취직

시켜 드리죠."

"좋아요. 같이 해보죠."

그렇게 세기의 돌풍을 일으킨 W패드가 세상에 나올 준비를 모두 마치게 되었다.

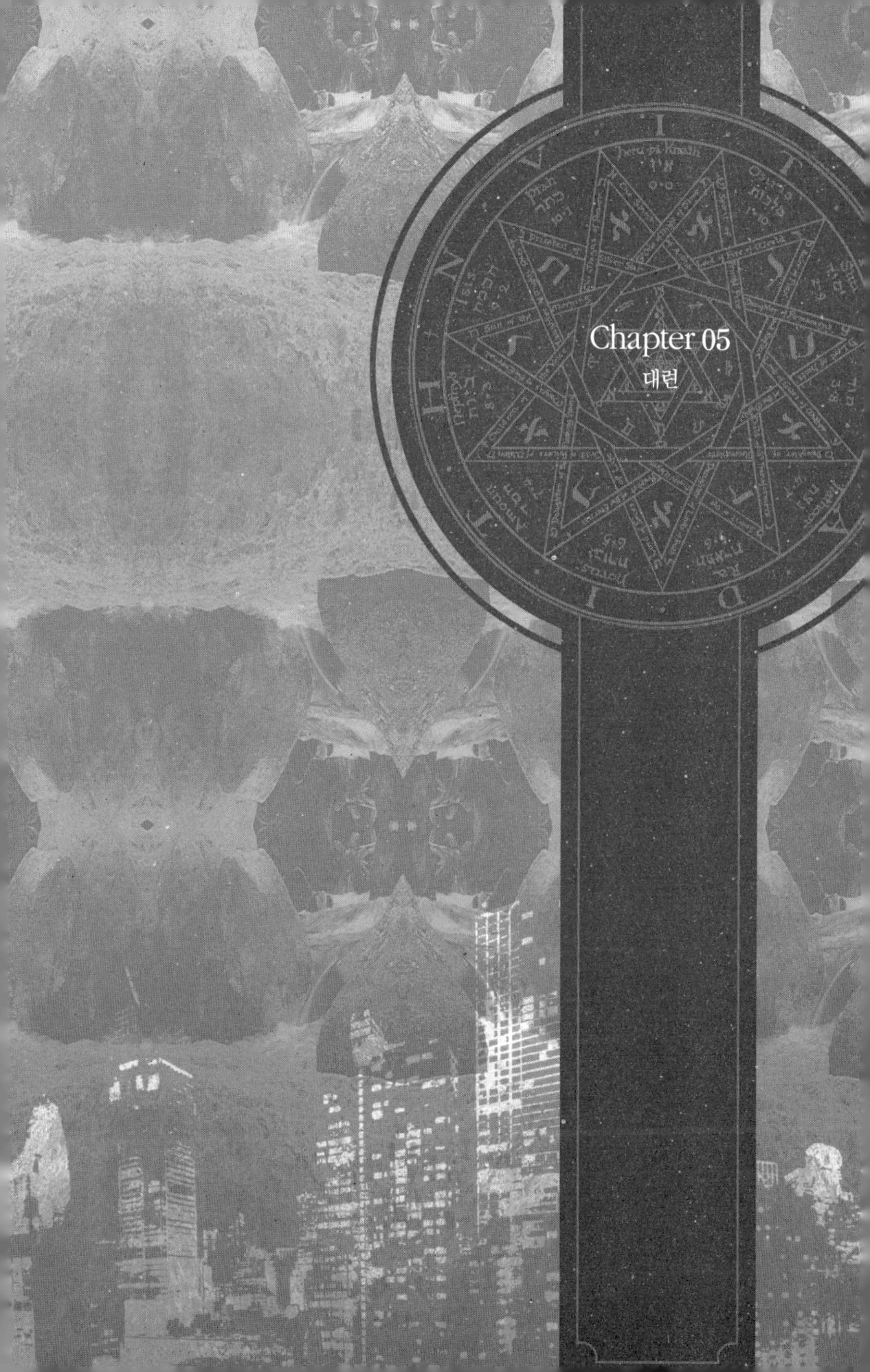
Chapter 05
대련

"현중 씨, 뭐해요?"

"그냥 바다 보고 있어요."

마리아는 모든 작업이 끝났는지 밖으로 나와 현중이 여전히 선미 끝에 홀로 앉아 있는 모습에 다가와 물었다.

"재미있어요?"

"그냥… 시간은 남아돌고, 바다는 깨끗하고, 하늘은 높고 푸르니까요."

"……."

마리아는 고개를 갸우뚱하더니 피식 웃었다.

“역시나 현중 씨는 알면 알수록… 모를 사람이네요.”

마리아의 핀잔 같은 말에도 현중은 씨익 웃으면서,

“그런 말 자주 들었죠. 옛날에는.”

“그보다 혹시 데이비드 도련님에게 무슨 말 했어요?”

“……?”

현중이 무슨 말인지 모르겠다는 표정을 짓자 마리아는,

“이상하네. 뜬금없이 갑자기 절 찾아오더니 이런 말을 하더라고요.”

“무슨 말을?”

“절대로 저를 위해서 죽지 않겠다고요. 벽에 똥칠할 때까지 살아서 제가 먼저 죽는 거 보고 자신이 죽을 거라고 하는데, 그게 무슨 뜻인지 알아요?”

느닷없이 데이비드의 요상한 말을 들은 마리아는 아무리 생각해도 그 뜻을 알아낼 수가 없었기에 조금 전 현중과 이야기했던 모습이 생각나서 물어본 것이다.

그런데 현중은 그런 마리아의 말을 듣고는 고개를 숙인 채 웃기 시작했다.

“크크큭, 크크큭, 크크큭…….”

“역시… 현중 씨가 뭔 말을 했군요.”

마리아는 현중이 웃자 직감적으로 현중이 무슨 말을 했고 그 말을 들은 데이비드가 갑자기 저렇게 됐다고 생각했다.

“뭐… 그냥 충고 몇 마디 하긴 했죠.”

“충고요?”

“로맨틱을 지향하는 철없는 기사에게 현실이 어떤 건지 조금 일깨워 줬다고 할까요?”

“……?”

현중이 뭔가 영문을 알 수 없는 말을 하자 마리아는 심통이 나는지 양 볼을 살짝 부풀리면서 화가 났다는 표정을 지어 보였다.

“왜 그러죠?”

“지금 저만 빼놓고 뭔가 있는 것 같다는 걸 모를 줄 알아요? 전 이곳에 최고 책임자예요. 말해봐요. 도대체 무슨 말을 했기에 데이비드 도련님이 저렇게 결연한 눈빛으로 저에게 그런 말을 한 건지요.”

“후후후훗.”

현중은 나직하게 몇 번 더 웃고는 마리아를 보면서,

“그냥 별말 아니에요. 데이비드가 마리아 씨를 위해 목숨도 버릴 수 있다고 하더군요.”

“네에? 현중 씨에게 그런 말을 했다고요?”

설마 데이비드가 현중에게 그런 말을 했을 줄은 예상하지 못한 마리아는 살짝 얼굴이 붉어지면서 당황했다.

‘설마… 데이비드 도련님이 눈치챈 건가?’

솔직히 요즘 마리아 스스로도 현중이 시간이 지날수록, 곁에 가까이 있을수록 남자로 보이기 시작한다는 것을 느끼고 있었다. 그러다 보니 자연스럽게 말투도 부드러워지고 현중 앞에서는 그냥 평범한 여자처럼 보이고 싶은 마음에 조금은 조신하게 행동하고 있긴 했다.

하지만 그건 베이스퍼나 알아볼 정도로 아주 사소한 것이라고 생각했는데 방금 현중의 말을 들어보니 데이비드가 눈치를 챈 것처럼 보인 것이다.

마리아 본인은 눈에 띄지 않는다고 생각하지만 웃기게도 이미 탐험선에 있는 사람 중 마리아와 제법 친분이 있는 사람은 마리아가 현중을 내심 좋아하고 있다는 것을 이미 눈치채고 있었다. 오히려 데이비드가 둔해서 늦게 눈치를 챈 것이다.

하지만 그걸 누가 말해줄 리도 없으니 마리아는 혼자서 착각하고 완벽하게 숨기고 있다고 생각한 것이다.

"네."

"그래서 뭐라고 했는데요?"

"멍청하다고 했죠."

"네에?"

마리아도 현중의 대답에 당황하면서 어리둥절해했다.

보통 영국에서 자신의 레이디를 위해 목숨을 거는 것은 기사들의 로망이자 숭고한 희생으로 마리아도 알고 있기 때문이다. 그런데 현중은 단호하게 멍청하다고 하니 이해를 못할 수밖에 없었다.

"세상에 그것만큼 멍청한 게 없으니까요."

말을 하면서 다시 저 먼 바다를 바라보는 현중의 눈빛이 무겁게 내려앉으면서 뭔가 슬픔이 살짝 보이는 듯했다.

그런 모습을 바라보던 마리아는 조용히 현중의 옆에 앉으면서,

"멍청한 건가요?"

"네, 남겨진 자들의 슬픔과 괴로움… 그리고 홀로 아픔을 가지고 살아가야 하는 나날을 모른 체하는, 세상에 둘도 없는 멍청한 짓이니까요."

"아……!"

마리아는 현중의 말을 듣고서야 갑자기 현중이 고아라는 사실을 기억해 낼 수 있었다.

워낙에 출중한 능력에 상식이 통하지 않는 힘을 가지고 있기에 잊어버리고 있었지만 현중은 고아였다. 그것도 가장 필요한 시기에 부모를 모두 잃어버린 경험이 있는 것이다.

그리고 지금도 죽은 부모를 가슴에 안고 살아가고 있을 것이다.

잠시 현중을 물끄러미 바라보던 마리아도 입가에 슬쩍 미

소를 지으면서,

"그래요. 멍청하네요."

씨익~

현중은 마리아를 보며 슬쩍 미소만 지어 보이고는 자리를 털고 일어섰다.

"하지만 그렇게 누군갈 사랑할 수 있다는 게 한편으로는 부럽기도 하네요."

그 말을 끝으로 걸어서 선미를 벗어나는 현중이었다.

그리고 그런 현중을 물끄러미 바라보던 마리아는,

"…바보 같은 사람. 바로 옆에 있는데……."

현중의 성격상 마리아가 고백한다고 덥석 받아들일 사람도 아니었다.

거기다 현중의 마음속에는 마리아가 있지도 않았다. 여자는 자신의 사랑에는 그 누구보다 민감하고 정확한 능력을 발휘하는 특별한 촉(?)이란 게 있는 법이다.

당연히 현중의 마음속에 자신이 없다는 것을 마리아가 모를 리 없다. 그렇다고 다른 여자가 있느냐? 그것도 아니었다.

그 누구도 현재 현중의 마음속에 없기에 아직 현중을 포기하지 못하는 마리아였다.

"와~ 와~ 이겨라! 이겨라!"

현중이 선미를 벗어나 간만에 뒤쪽으로 나와 보니 한참 선원과 용병들이 모여서 뭔가를 하고 있었다. 탐험선의 특성상 뒤쪽이 평평하니 갑판으로 만들어져 있고 크기도 커서 사람이 제법 많이 모여 있지만 크게 비좁거나 하진 않았다.

"팔씨름인가?"

커다란 쇠로 만든 책상 하나가 갑판의 중앙에 있고, 탁자를 사이에 두고 양쪽에 마리아가 데려온 용병과 덩치 좋은 선원이 서로 손을 맞잡고 팔씨름을 하고 있는 모습이 보였다.

탁자 옆에 지폐가 보이는 것을 보니 내기 팔씨름인 듯했다.

"현중 군도 해볼 텐가?"

베이스퍼가 일부러 현중의 곁으로 오면서 한마디 하자,

"저런 걸 좋아할 나이는 지났죠."

"하긴… 나보다 늙었으니."

베이스퍼는 현중이 125살이라는 말을 철석같이 믿고 있었다.

그도 그럴 것이, 이미 자신도 마이스터에 오르면서 젊어지지 않았던가?

그리고 마이스터에 오르고서야 보게 된 그 새로운 벽, 그건 정말 철옹성 같은 느낌이었다.

그런데 현중은 이미 그걸 몇 번은 넘은 듯 여유롭지 않은가. 이렇다 보니 베이스퍼는 오히려 나이를 현중이 속인 게 아닌가 하는 생각이 들었다.

'혹시 이삼백 살 먹은 건 아니겠지?

세상을 달관한 듯한 여유로움이 일부러 그렇게 보이는 게 아니라 자연스럽게 풍겨 나오다 보니 베이스퍼조차도 오해를 하고 있었다. 설마 대륙에서 황제를 지냈다고는 생각조차 못하고 있었다.

"와!!"

용병이 이겼는지 지폐를 챙기는 모습이 보였다. 하지만 곧이어 다른 선원이 덤볐고, 용병이 선원 모두를 이길 때까지 단 한 번도 지지 않았다.

역시 전장을 누비면서 목숨을 걸고 살아온 사람이라 그런지 결코 지는 법이 없었다.

그때 데이비드가 선실에서 나와 갑판에 모습을 보였다.

"사고뭉치가 나오는군."

이미 밀항으로 인해 탐험선에서 데이비드는 사고뭉치로 통했다.

하지만 특유의 넉살 좋은 성격과 입담으로 나름 친하게 지내고 있는 편이었다. 데이비드가 왕족이라는 사실은 현재 비밀로 하고 있는 상황이라 다들 그냥 마리아와 친분이 있는 사람 정도로 생각하고 있었다.

"와!!"

데이비드가 나와서 뭔가 몇 마디 하더니 곧 철제 책상을 치웠다.

비어버린 곳에 커다랗게 펜으로 네모 모양으로 선을 긋더니 데이비드가 그 안으로 들어가서 소리쳤다.

"나와 대련해서 이기면 미 달러로 100불 드리겠습니다. 대신 지면 50불 내놔야 합니다."

이번에는 내기 대련이었다.

"후훗."

현중은 설마 저런 것에 혹하는 사람들이 있을까 했는데 웬걸, 선원이고 용병이고 다들 줄을 서가면서 대련하려고 하는 것이다.

"역시 바다 사나이라 이건가."

현중은 순수하게 구경만 하는 입장에서 말하고 있는데 슬쩍 데이비드가 현중을 바라보는 게 아닌가? 우연히 현중도 데이비드를 보고 있는 중이라 눈이 딱 마주쳤다.

씨익~

갑자기 현중을 향해 알 수 없는 미소를 지어 보이는 데이비드는 갑자기 웃통을 벗어던지면서 자신의 우람한 근육과 기사 수행으로 특수부대에 있을 때 생긴 여러 가지 상처 등을 자랑스럽게 드러냈다.

"오!"

“샌님인 줄 알았더니 아니네.”

선원과 용병들은 그저 말끔하니 생겨서 어디 돈 많은 부잣집 도련님으로 생각했던 것이다.

하지만 실상은 달랐다. 데이비드는 마리아의 그 끝없는 마력에 빠지면서 SAS부터 시작해 자신을 단련할 수 있는 곳이라면 일부러 찾아다녔다. 맨손으로 암벽 등반도 했고, 특수부대에서 생존 훈련도 받았고, 실제로 전투에 참여도 했다.

결코 이곳의 선원이나 용병들에 비해 뒤지지 않는 것이다. 다만 워낙에 곱상하게 생긴 외모 때문에 연약해 보이는 오해를 자주 받긴 했다.

“내가 한번 해보지.”

조금 전 팔씨름을 했던 덩치 좋은 선원이 기세 좋게 데이비드를 향해 다가섰고, 선원도 웃통을 벗어던졌다.

“오!”

“이쪽은 더 대단한데?”

마치 보디빌딩 선수를 보는 듯한 우람한 근육부터 커다란 주먹까지, 스치기만 해도 병원에 실려 갈 것 같은 위압감을 보여주는 선원이었다.

하지만 데이비드는 오히려 입가에 미소를 지으면서 자세를 살짝 웅크리듯 더욱 작게 만들어 준비 자세를 취했다.

“영리하군요.”

현중은 데이비드가 오히려 작게 보일 만큼 몸을 웅크리면서 준비 자세를 취하는 것을 보고 단번에 무슨 작전인지 파악한 것이다.

아무리 강하고 파괴력이 세다고 해도 안 맞으면 그만이다. 특히나 저 우람한 근육의 선원은 이미 기본자세부터 크게 잡고 있었다. 저건 동네 건달들이나 뒷골목 싸움판에서나 통할 것이지 데이비드처럼 산전수전 공중전까지 겪은 노련한 전사에게는 오히려 맛좋은 먹잇감에 불과했다.

"시작!!"

용병 중 가장 리더인 바텐이 가장 중앙에 서서 시작 신호를 보내자,

"우와!!"

외마디 고함을 지른 선원이 우람한 팔뚝을 휘두르면서 데이비드를 향해 달려들었다.

마치 커다란 덤프트럭이 소형차를 향해 돌진하는 것 같은 광경이었지만 데이비드는 오히려 선원이 가까이 올 때까지 가만히 기다리고만 있었다.

그러다가 선원의 팔이 힘차게 휘둘러질 때 데이비드의 눈빛이 날카롭게 변했다.

그와 동시에 현중의 입에서,

"옆구리, 무릎, 턱."

단 세 마디만 했다.

그런데 놀랍게도 현중의 말을 그대로 따라 하기라도 한 듯 데이비드는 곧장 선원의 품 안으로 파고들더니 오른 주먹으로 옆구리를 강하게 때렸다.

푹!

"쿨럭!"

갑자기 옆구리를 맞은 선원은 급격히 허리가 굽혀지긴 했지만 쓰러지진 않았다. 하지만 공격은 거기서 그치지 않았다. 데이비드는 곧바로 선원의 왼쪽 무릎을 오른 다리로 위에서 내리찍듯 로우 킥으로 후려쳐 버렸다.

퍼걱!

"큭!!"

옆구리에 이어서 물 흐르듯 자연스럽게 이어진 공격에 속수무책으로 당한 선원은 결국 무릎을 꿇었다.

그리고 기다렸다는 듯 데이비드의 오른 주먹이 선원의 턱을 가볍게 가격하자 완전히 쓰러져 버렸다.

"……!!"

"……!!"

뭔가 박빙의 승부가 벌어지거나 우람한 덩치의 선원의 승리를 생각했던 용병과 선원들은 너무나 허무하게 쓰러져 버린 선원의 모습에 다들 할 말을 잃어버렸다.

단 두 번의 주먹질과 한 번의 발차기로 탐험선 내에서 가장 힘이 강하고 맷집이 좋기로 유명한 선원을 제압한 것이다.

거기다 데이비드가 거의 체력을 소모하지도 않고 선원을 처리한 것에 다들 놀라워했다.

"프로 솜씨군."

바텐은 심판이기에 가장 가까이에서 데이비드의 움직임을 모두 볼 수 있었기에 한눈에 데이비드가 평범한 청년이 아님을 알아봤다.

확실히 제압할 수 있는 곳만 노리고, 약점을 파고들며, 확실하게 상대를 기절시키는 마무리까지 너무나 깨끗해 일반 도장이나 취미로 배운 격투기는 아닌 듯했다.

거기다 데이비드에게서 화약 냄새를 맡은 바텐이었다.

"내가 도전한다!"

탐험선에서 가장 강하고 우람한 선원이 허무하게 쓰러졌는데도 선원들은 결코 주눅이 들거나 물러서는 법이 없었다. 오히려 오기가 생겼는지 서로 데이비드를 상대로 대련하기 위해서 난리를 쳤다.

이미 내기에 걸린 100불은 그들의 머릿속에서 사라진 상태였다.

바다 사나이는 상대가 강하다고 해서 물러서지 않는다. 오히려 강하면 강할수록 오기로 덤비는 기질이 그 누구보다 강한 사람들이었다.

태풍을 상대로 싸우는 사람들인데 겨우 데이비드의 무력을 봤다고 기가 죽을 턱이 없었다.

하지만,

털썩…….

"이로써… 열세 명째군요."

데이비드는 거의 움직이지도 않고 상대가 달려드는 힘을 역이용해서 카운터펀치나 급소를 공격하는 방식으로 그들과 대련했다. 열세 명을 상대하는 데 걸린 시간이 겨우 10분이었다.

그중에서도 5분 정도는 순서와 교대로 인해 허비한 시간이고 실제로 대련한 시간은 5분도 채 되지 않을 정도로 빠르게 상대를 처리한 것이다.

"그럼 슬슬… 진짜배기끼리 붙어볼까?"

선원들은 말 그대로 기질이 강하고 맷집이 좋을 뿐 실제 대련이나 싸움에서는 아마추어에 불과했다.

열세 명의 선원이 모두 쓰러지자 드디어 용병 다섯 명 중 가장 막내 격인 벨이 목을 가다듬으면서 데이비드 앞에 나섰다.

그런데,

"잠깐만요."

“응?”

갑자기 데이비드가 잠시 멈출 것을 요청한 것이다. 벨은 설마 겁먹어서 그런 건가 하고 생각했는데 데이비드는 오히려 웃으면서,

“아직 아마추어가 한 명 더 남아 있는데요?”

“응? 누구?”

“저기 베이스퍼 마스터 옆에 있는 동양인 청년이죠.”

뜬금없이 현중을 향해 손가락질하면서 지목하는 데이비드와 그런 데이비드를 멍하니 바라보는 베이스퍼는 잠시 둘을 번갈아 보다가,

“크크큭, 크크큭. 아주 웃기는구먼, 웃겨.”

베이스퍼가 보기에 데이비드는 죽으려고 작정하고 짚을 짊어지고 불속에 뛰어드는 격이었다. 거기다 현중은 절대로 상대를 생각해서 살살 해주는 성격도 아니다. 다만 상대에 맞춰서 비슷하게 해줄 뿐이지.

“훗.”

현중도 데이비드가 자신을 지목하자 미처 예상하지 못했던 상황에 잠시 헛웃음을 짓고는 곧바로 일어섰다.

“굳이⋯ 적으로 나서겠다면 마다하진 않지.”

현중은 데이비드가 보이지 않게 숨어서 미소를 지었지만 데이비드는 아예 대놓고 현중을 깔보듯 환하게 웃고 있었다.

하지만 그걸 멀리서 지켜본 마리아와 알렉산드로는 한마디씩 했다.

"아직 상대를 보는 눈조차 없군요."

너무나 허접한 데이비드의 실력에 한숨을 내쉬는 마리아와 달리 알렉산드로는 한마디로 모든 걸 축약해 버렸다.

"죽고 싶어 환장했군."

알렉산드로는 현중이라면 지금도 무서웠다.

마족을 주먹으로 때려잡는 현중의 실력이 무서운 게 아니었다.

노래.

현중이 마족을 때려잡으면서 불렀던 노래가 무서웠다. 지금도 가끔 꿈을 꾸고 깨어나도 환청처럼 알렉산드로의 귓가에 생생하게 들릴 정도였다.

현중은 웃으면서 노래를 흥얼거리며 너무나도 쉽게 마족을 때려잡았다. 스페츠나츠 중에서도 수위에 있는 자신들이 마나석을 이용해 마스터에 오른 뒤에도 옷자락 하나 건드리지 못한 녀석들을 현중은 무슨 벌레를 때려잡듯 손쉽게 처리하던 모습이 지금도 생생하게 보이는 듯했다.

"차라리 수류탄을 안고 전차 밑으로 뛰어들고 말지."

알렉산드로는 고개를 흔들면서 선실로 들어가는 게 아니라 가장 보기 좋은 자리로 옮겼다.

"자네도 구경할 텐가?"

결국 알렉산드로는 베이스퍼 옆으로 옮겨 왔고, 마리아도 곧 뒤따라 자리에 앉았다.

현중이 앉아 있던 자리가 탐험선의 갑판이 가장 잘 보이는 자리였던 것이다.

"오, 저렇게 약해서 되겠어?"

"음……."

심판을 보던 바텐도 현중을 자세히 살펴보고는 도저히 격투기를 조금이라도 했던 사람처럼 보이지 않기에 당황했다.

너무나 고운 손과 잡티 하나 없는 얼굴에 윤기 흐르는 검은 머리카락과 함께, 보기에는 늘씬하고 좋지만 실제로 전투에서는 전혀 쓸모가 없는 마른 몸매가 그 증거였다.

그에 반해 데이비드는 이미 전신의 근육을 충분히 예열한 상태였다.

한마디로 선원과의 대련은 몸을 데우기 위한 워밍업인 셈이었다.

"자네… 그냥 포기하는 게……."

바텐이 보다 못해 현중에게 포기할 것을 권했지만,

씨익~

대답 대신 현중은 살짝 웃어 보이고 입고 있던 티셔츠를 벗어 던졌다.

"오~!"

"…완전 조각인데?"

평소에 그냥 있는 대로 입던 현중은 상의는 티셔츠 한 장이 전부였다. 그런데 그걸 벗자 그동안 티셔츠 안에 숨겨져 있던 현중의 몸매가 만천하에 드러났다.

선명한 복근, 탄탄한 가슴과 함께 온몸의 근육 하나하나가 마치 조각한 듯 뚜렷한 굴곡을 보이고 현중의 곱상한 얼굴과 묘하게 대치되면서 오히려 남자가 봐도 이상하게 섹시함을 느낄 만큼 매력적이었다.

"칫."

데이비드는 설마 현중의 티셔츠 안에 저런 탄탄한 몸이 자리하고 있을 줄은 몰랐는지 가볍게 혀를 찼지만 그렇다고 달라질 건 없었다.

근육의 크기는 곧 힘의 크기다. 물론 무식하게 너무 커도 문제지만 데이비드는 이미 자신의 몸을 컨트롤할 줄 알고 있기에 오히려 현중의 몸매를 보고 긴장하긴커녕 코웃음을 쳤다.

"보기만 좋은 근육은 결국 관상용이지."

비꼬듯 한마디 한 데이비드였지만 현중은 슬쩍 웃는 게 전부였다.

도전은 피하지 않는다.

도전하면 철저하게 굴복시킨다.

상대가 약하든 강하든 상관없다.

다시는 덤비지 못할 만큼 굴복시키면 그만이다.

이게 현중의 철직이자 신조였다. 그리고 그 철직과 신조를 오늘 고스란히 온몸으로 배울 데이비드는 한없이 웃고만 있었다.

"대련이란 걸 명심하도록!"

바텐은 혹시나 일어날 사고를 대비해서 일부러 한마디 했지만 데이비드의 귓가에 들릴 리가 없었다.

질투.

현재 데이비드는 현중을 질투하고 있었다. 그렇게 당당하게 말했건만 마리아가 오히려 현중에게 더욱 다가가는 걸 조금 전에 본 데이비드는 더 이상 자신의 질투를 숨길 수가 없었던 것이다.

남자 대 남자는 오직 주먹으로 말하는 법이다. 이게 데이비드의 지론이었다. 복잡하게 계획을 짜고 친해지고 하는 그런 짓은 데이비드의 성격에 맞지도 않았고, 그런 것을 할 줄 알았다면 마리아를 좋아하지도 않았을 것이다.

저벅저벅.

선원들을 상대할 때는 그 자리에서 꿈쩍도 하지 않던 데이비드가 먼저 움직였다.

느리긴 하지만 천천히, 확실하게 거리를 재어가면서 현중의 앞으로 다가온 데이비드가 멈춘 곳은 권투를 할 때 서로 주먹을 맞대고 시작을 알리는 거리와 비슷했다.

즉, 주먹이 닿기에는 조금 멀었다. 하지만 한 발만 움직여도 곧바로 사정권 안에 들어가는 거리를 정확하게 알고 멈춘 것이다.

"…프로였어."

바텐은 심판으로서 데이비드를 살피며 방금 그 거리 재기에서 확실하게 알아챘다.

데이비드가 그냥 샌님 도련님이 아니라 전장을 겪은 전사라는 것을 말이다.

"오해는 하지 마. 네가 미워서 그런 것도 아니고 싫어서 그런 것도 아니야. 다만… 부러울 뿐이야."

휙!

말이 끝나자마자 데이비드는 곧장 오른쪽 주먹을 휘둘렀다.

하지만 현중은 살짝 뒷걸음질 치면서 종이 한 장 차이로 데이비드의 주먹을 피해 버렸다.

"어쭈?"

자신의 주먹이 거의 닿을 듯 말 듯한 거리로 피하는 모습에 데이비드는 오히려 자신이 살짝 실수했다고 생각했다. 그러자 실수를 만회하기 위해 데이비드는 빠르게 풋워크를 밟으면서 현란하게 현중의 품을 향해 뛰어들었다.

퍼걱!

"크억."

한순간 무슨 일이 일어났는지 다들 어리둥절했다.

분명히 데이비드가 현중의 품으로 파고들기 위해 오른쪽, 왼쪽으로 움직이면서 빈틈이 있는 왼쪽을 재빨리 파고든 것까지는 모두의 눈에 보였다.

그런데 오히려 고개가 뒤로 젖혀지면서 물러나는 건 데이비드였다.

"치잇!"

입술에 흘러내리는 것을 닦아보니 피는 아니었다. 아마 자신도 모르게 침을 흘린 듯했다.

데이비드는 다시 현란한 풋워크를 밟으면서 현중의 빈틈을 노렸다.

보기에는 데이비드가 유리해 보일 것이다. 현란한 움직임에 권투선수 저리 가라 할 정도의 노련한 풋워크를 밟으면서 파고드니 말이다.

하지만 결과는 전혀 달랐다.

퍼걱!

"쿨럭!"

또다시 오른쪽으로 파고들던 데이비드는 현중의 품 안에 완전히 들어왔다는 생각이 들었을 때쯤 뭔가 번쩍하는 것을 보았고, 정신을 차려보니 자신이 서너 발 뒤로 물러나 있었다.

그리고 지금까지 가만히 있던 현중이 먼저 슬쩍 한 발 내밀면서,

"크라브 마가, 주짓수, 복싱을 혼합했군."

"……."

정확하게 데이비드가 사용하는 무술의 종류까지 알아맞히자 지금까지 여유있던 데이비드의 표정이 사라졌다.

그런데 거기에 쐐기를 박듯 현중이 말을 이었다.

"크라브 마가가 주기술이고 복싱은 보조, 주짓수는 백병전을 위해서 존재하는 것 같은데, 어때?"

"칫!"

완전히 파악당해 버렸다고 생각한 데이비드는 거칠게 혀를 차고는 복싱으로 위장했던 자세를 완전히 바꿨다.

그러자 주위에 있던 선원들이 놀랐다.

"설마… 자신의 기술을 쓰지도 않고 우릴 때려눕힌 거야?"

"저 녀석, 완전 괴물이었잖아."

선원들이 보기에는 데이비드가 자신의 실력을 전혀 보이지도 않고 열세 명이나 되는 거친 바다 사나이를 가볍게 제압

했으니 괴물로 보일 것이다.

하지만 막상 데이비드는 오히려 현중이 괴물로 보였다.

단지 몇 번의 부딪침으로 자신의 주 기술과 배운 무술의 종류, 거기다 사용 빈도까지 정확하게 알아맞혔으니 말이다.

순간 자신이 괜한 짓 한 게 아닌가 하는 생각이 들긴 했지만 그러기에는 현중이 너무나 무방비 상태였기에 애써 머릿속에서 지워 버렸다.

“아니겠지… 설마……."

애써 무시하는, 설마 하는 생각은 떨쳐 버리고 데이비드는 본래 크라브 마가 자세를 잡았다. 그리고 곧장 지금까지의 풋워크를 버리고 미끄러지듯 현중을 향해 달려들었다.

“흠……."

백전노장인 바텐이 봐도 데이비드의 크라브 마가의 실력은 쉽게 볼 수 없었다. 자신이 상대해도 솔직히 이길 수 있을지 장담하기 힘들었기 때문이다.

실제로 이렇게 바텐이 알아본 것은 모두 데이비드의 풋워크 때문이었다.

본래 무술은 살상을 목표로 하고 만들어진 것이다. 그중에서도 크라브 마가는 현대전에 가장 어울리도록 만들어졌고 모든 기술이 급소와 약점을 공격하도록 이루어져 있었다.

　현대전에서 백병전을 할 때 크라브 마가처럼 무서운 것도 없는 게 사실이다.

　특히나 크라브 마가는 상대의 품으로 파고들 때나 상대의 곁으로 다가가서 공격할 때 특이한 풋워크로 유명했다.

　보기에는 평범해 보일 수도 있지만 막상 상대해 보면 쉽게 피할 수도, 그렇다고 떨쳐 낼 수도 없는 이상한 풋워크를 가지고 있는 게 크라브 마가인 것이다.

　그냥 겉 핥기 식으로 배운 크라브 마가는 호신용에 불과할지 모르지만 반대로 정말 목숨을 걸고 배운 크라브 마가는 걸어 다니는 무기라는 말을 들을 정도로 무서운 면도 있었다.

　그 예로 현재 다섯 명의 용병 중에서 벨이 크라브 마가를 제대로 익히고 있었고, 그것 때문에 목숨을 구한 적이 한두 번이 아니었다.

　가장 실전에 맞게 만들어진 현대 무술이라는 말이 그냥 나온 게 아닌 것이다.

　"빠르다!"

　크라브 마가가 뭔지 모르는 선원들이 봐도 데이비드의 움직임은 지금까지와는 판이하게 달랐다.

　마치 갑판을 미끄러지듯 부드럽게 움직여 현중의 품속으로 너무나 쉽게 파고드는 모습에 다들 혀를 내둘렀다.

하지만,

퍼걱!

"쿨럭."

"……!!"

"……!!"

결과는 변함이 없었다.

현중의 품속으로 파고들기만 하면 여지없이 고개를 뒤로 젖히면서 몇 발자국 뒤로 물러나 버리는 데이비드였다.

"……."

상황이 이쯤 되자 데이비드도 뭔가 이상하다는 것을 인정하기 시작했다.

"설마……."

분명히 자신의 파고들기는 완벽했다.

자신에게 크라브 마가를 전수한 스승도 마음먹고 파고드는 데이비드를 막지 못했다.

그런데 눈앞에 동양인 청년인 현중은 막는 정도가 아니라 정확하게 반격했던 것이다. 그것도 정확하게 몇 발자국 물러날 정도로만 힘을 조절해서 말이다.

문제는 현중이 공격을 어떻게 했는지, 무엇으로 했는지 그 누구도 보지 못했다는 것이다.

가장 가까이서 품에 파고든 데이비드조차 어떻게 자신이

맞아서 물러났는지 모르는데 옆에서 지켜보는 사람이 알아챌 리가 없다.

하지만 멀리 명당자리에서 지켜보는 세 명은 달랐다.

"가지고 놀고 있군."

알렉산드로는 현중과의 인연으로 한 번 마나석이 봉인당했다가 다시 활성화되면서 진정한 마스터가 무엇인지 조금은 느끼고 마나를 사용할 수 있게 되었다. 그래서 지금 데이비드가 어떻게 당했는지 선명하게 보였다.

"조금은 불쌍하군."

베이스퍼도 알렉산드로의 말에 동감을 표했다.

"뭐 저러다 보면 정신 차리겠죠."

마리아는 애초에 데이비드에게 동정의 감정조차 없었다.

"파고들 때 기울어진 뒤쪽의 어깨를 때려 물러나게 만든다……. 기발하면서도 대담하군."

베이스퍼가 현중이 데이비드를 공격한 방법을 말하자 다들 고개를 끄덕였다.

말로 하면 참 간단해 보인다.

공격해 들어올 때 필수적으로 공격하는 쪽이 움직이는 법이다. 하지만 그와 동시에 반대쪽은 뒤로 젖혀지게 되어 있다.

현중은 그 뒤로 젖혀지는 부분을 아주 빠르게, 손가락으로 딱밤을 때리듯 손가락을 튕겨 데이비드를 상대하고 있는 중이었다.

모르는 사람들은 어떻게 된 건지 영문도 모를 공격이지만 마스터에 올라 마나를 다룰 수 있는 알렉산드로나 마리아, 베이스퍼에게는 현중이 데이비드를 가지고 노는 걸로밖에 보이지 않았다.

거기다 한두 번 당하면 보통은 뭔가 이상하다는 것을 눈치를 챌 법도 하겠지만 데이비드는 벌써 열 번이 넘게 현중을 공격하다가 물러났지만 이상함을 모르는 듯했다.

아니, 이상한 것은 알고 있지만 어떻게 자신이 공격당하는지를 전혀 모르고 있었다.

"헉헉헉……!"

지쳤는지 숨소리가 거칠어진 데이비드와 여전히 서 있는 자리에서 거의 움직이지 않는 현중의 모습은 너무나도 비교되어 보였다.

거기다 이마에 굵은 땀방울을 흘리는 데이비드는 지친 기색이 역력했지만 현중은 땀은커녕 호흡조차 평온 그 자체였다.

"이걸 믿어야 해?"

선원들은 자신들끼리 몰래 현중과 데이비드의 대결에 내기를 걸었는데 완전 뜻밖의 결과가 벌어지자 멍하니 바라만 보고 있었다.

하지만 그사이에 데이비드는 또다시 현중에게 달려들었고,

퍼걱!

"쿨럭."

열네 번째 뒤로 물러났다.

털썩!

이번에는 힘이 빠졌는지 중심을 잃고 갑판에 주저앉기까지 했다.

그 모습을 지켜보던 바텐이 데이비드에게 다가가서는,

"이제 그만하지."

"아니요! 아직 멀었어요!"

이미 지친 기색이 역력해서 더 이상 해봐야 별로 달라질 것이 없어 보였기에 권유했지만 데이비드는 변함이 없었다.

단지 변한 게 있다면 쌩쌩하던 데이비드의 다리가 지금은 주저앉았다 일어서니 부들부들 떨고 있다는 정도밖에는.

"남자는 이 정도에 좌절하지 않는다고요."

뭔가 자신에게 주문을 거는 듯 중얼거린 데이비드가 다시 떨리는 다리에 힘을 집어넣으면서 현중에게 달려들 때,

'오라?'

현중은 데이비드의 몸에서 갑자기 오라가 피어오르는 것

을 보았다.

분명히 데이비드는 오라를 뿜어내지 못했다. 하지만 지금 주저앉았다 일어났을 때 데이비드는 선명한 붉은 빛의 오라를 뿜어내고 있었다.

그 모습에 현중은 속으로 피식 웃으면서,

'싹수는 있어 보이는군.'

마스터가 될 자질은 충분히 있다는 소리다.

선명한 붉은색의 오라, 그것은 열정과 열망, 끝없는 도전을 보여주는 색이다. 그리고 마스터가 되기 위해 필요한 그 세 가지 중 어느 하나라도 부족하면 오라가 나타나지 않았다.

그런데 데이비드의 몸에서 오라가 나타났다는 말은 그 세 가지를 모두 가지고 있다는 소리였고, 그 말은 마스터가 될 기본 바탕은 된다는 소리다.

'더 이상 가지고 놀아봐야 오히려 화만 돋우겠군.'

현중은 마스터의 싹수가 보이는 데이비드를 가지고 노는 것은 그만두기로 했다.

단순하고 직선적이고 대책없는 녀석이지만 현재 지구에 마스터는 귀하니 말이다.

"현중 군이 마음을 바꿨군."

멀리서 현중을 주의 깊게 살펴보던 베이스퍼는 현중의 눈빛이 바뀐 것을 알아채고 조용하게 말했다.

그리고 그 말이 끝나기가 무섭게 지금까지 그냥 튕겨내기만 하던 현중이 처음으로 주먹을 가볍게 말아 쥐는 모습이 보였다.

"아직 멀었어!"

힘껏 현중을 향해 뛰어드는 데이비드는 지쳐 있지만 결코 허술하진 않았다.

파고들면서도 주위를 살폈고, 빈틈이 있는지 없는지도 살폈다. 그리고 비어 있는 곳을 향해 과감하게 뛰어들었다.

하지만,

빡!

지금까지와 전혀 다른 묵직한 소리가 들리더니,

털썩.

현중의 품 안에 파고든 자세 그대로 힘없이 허물어져 버린 데이비드는 그 뒤로 일어나지 못했다.

"끝났군요."

깔끔하게 데이비드를 기절시켜 버린 현중은 가볍게 고개만 몇 번 돌리고는 천천히 걸어서 사람들과 마리아, 베이스퍼를 지나 다시 조금 전에 앉아 있던 선미 끝부분에 앉았다.

"…방금… 봤어?"

선원들은 마지막에 데이비드의 과감하면서도 날카로운 파

고들기에 손에 땀을 흘렸던 것을 생각하면서 서로의 얼굴을 봤지만,

"아니. 마지막에 왜 기절한 거지?"

"설마 지쳐서 기절한 건가?"

선원들의 눈에 현중의 공격이 보일 리가 없었다.

그건 용병들도 마찬가지였다.

"뭐가 어떻게 된 거야, 도대체?"

용병들도 분명히 데이비드가 기절을 했으니 공격을 받았다는 말인데, 도무지 어떻게 공격했고 무슨 공격을 받았는지 눈에 보이질 않았다.

"…괴물은 따로 있었군."

그나마 가장 가까이에 있던 바텐만이 흐릿하게나마 뭔가를 보긴 했다.

데이비드가 현중의 가슴팍으로 파고들었을 때 현중의 오른쪽 어깨가 살짝 움직이는 것을 말이다.

하지만 그게 전부였다.

어깨가 살짝 움찔하는 것을 본 뒤 곧바로 끝나 버렸으니 말이다.

이날의 대련은 선원이고 용병이고 현중을 다시 보는 계기가 되었다.

그런데 어째서인지 데이비드만은 현중에게 진 것을 절대

로 용납하지 않고 있었다.

오죽하면 기절해서 다시 깨어난 뒤 현중과 한 번 더 붙겠다고 난리치다가 마리아에게 따끔하게 한소리 듣고서야 입을 다물었으니 더 이상 설명이 필요없을 것이다.

Chapter 06
바다와 달의 사랑

삐~ 삐~ 삐~ 삐~ 삐~

마리아의 허리에 있던 GPS가 요란하게 울었다. 그녀는 선장실에서 미국이나 타국의 세력이 나타날 것을 경계하며 주변을 살피고 있었다.

마리아는 곧장 선장실을 나와 선미 끝에 앉아서 끝없는 바다만 바라보고 있는 현중에게 한달음에 달려갔다.

"현중 씨!"

"......?"

기분 좋은 표정으로 바다를 보던 현중이 상기된 마리아의

얼굴을 향해 돌아보자,

"메로우에게 좌표가 왔어요."

"그래요?"

"여기요."

마리아는 곧장 자신의 손에 있던 GPS 좌표기를 현중에게 보여주었다.

"이곳이 어디쯤이죠?"

하지만 좌표를 봐도 현중이 어딘지 알 리가 없었다.

즉시 마리아는 좌표기의 스위치를 몇 번 만지더니 세계지도가 보이도록 바꿔서 보여주었다.

현중은 덕분에 한눈에 좌표가 어딘지 대충 감을 잡을 수 있었다.

"태평양 한가운데쯤이군요."

"네. 그런데 어쩔 생각이에요?"

좌표를 기다렸기에 알려주긴 했는데 막상 현중이 뭘 할지 감이 잡히지 않았다.

"데리러 가야죠. 목마른 사람이 우물을 판다고, 지금 저희가 메로우를 기다리는 입장이니까 모시고 오는 게 당연하죠."

"어떻게……. 아, 알겠어요."

그냥 생각없이 말하려던 마리아는 고개를 끄덕이고는 그

냥 그러라고 했다.

물위를 걸어 다니고 맘대로 전 세계를 이동하는 현중에게 태평양 한가운데 있다고 해서 메로우를 데리고 오지 못할 이유는 없다.

오히려 드넓은 바다로 인해 찾기가 쉬울지도 모른다는 생각이 든 것이다.

"다녀올게요."

현중은 한동안 앉아 있던 자세에서 일어서더니 마리아에게 언제나 보여주던 입가의 미소를 보여주고는 바람과 같이 사라져 버렸다.

"에휴, 하필이면 저런 사람을 좋아할 게 뭐람."

마리아는 스스로도 현중을 잡을 자신이 없었다. 현중은 마치 모두를 거부하는 것처럼 사람 사이에 커다란 벽을 세워놓은 것 같았다.

하지만 사람의 마음이란 본래 흘러가는 바람과 같은 것, 잡고 싶다고 잡을 수 없고 피하고 싶다고 피할 수 없는 법이다.

흘러가는 대로 몸을 맡기고 자신의 마음에 충실할 수밖에 없다.

"바로슈 백작님! 현중은 어디 있나요?"

하지만 누구처럼 자신의 본능과 마음에 너무 모든 걸 맡기는 것도 문제가 있었다.

마치 데이비드처럼 말이다.

"에휴, 철딱서니가 없는 건 나이 들어도 여전하니 원."

데이비드야 어떻든 간에 마리아는 아무리 봐도 데이비드가 남자로 보이지 않았다.

영국 여왕의 기대를 등에 업고 마리에게 번번이 접근하며 혼자서 저렇게 난리를 친다.

하지만 그녀에게 데이비드는 그냥 제자 중 하나로 느껴질 뿐이었다.

그것도 철없고 질투심 강하고 단순한 제자 말이다.

현중이 먼저 이동한 곳은 어림잡아 지도상에 보였던 곳이다.

"망망대해라는 말이 이거군."

현중이 도착한 곳은 대충 지도를 보고 도착한 곳이라 보이는 것은 오직 바다뿐이었다.

출렁이는 파도가 넘실대는 바다 위를 두 발로 꼿꼿이 서 있는 모습이 어째 어색하고 이상해 보이기도 했다.

하지만 현중은 편안하기만 했다.

"쩝. 이건 마법이 편할 것 같아."

현중은 자신의 기감 영역과 마나 영역을 퍼뜨리려다가

차라리 마법 탐지가 더 편할 것 같아서 테른을 부르기로 했다.

"테른."

—네, 마스터.

현중의 그림자 속에서 쑤욱 나타난 테른도 아무렇지 않게 바닷물 위에 섰다.

물론 현중이 서 있는 것과 달리 테른은 부양 마법으로 서 있는 게 조금 다를 뿐이었다.

"이 근처에 메로우가 있다고 하니 한번 찾아봐."

—네, 마스터.

나타났을 때와 같이 현중의 그림자 속으로 사라진 테른은 얼마 지나지 않아 다시 모습을 드러냈다.

"찾았나?"

—네, 마스터. 현재 마스터가 계신 곳에서 남쪽으로 100㎞ 아래쪽 작은 무인도 산호섬에 있는 것을 확인했습니다.

"산호섬? 알았다."

테른은 그 말을 끝으로 현중의 그림자 속으로 사라졌다.

현중은 테른이 알려준 방향으로 몸을 비틀더니 땅 위에서와 마찬가지로 오른발을 슬쩍 내밀자,

스르륵~

바람처럼 사라져 버렸다.

현중이 다시 모습을 드러낸 곳은 정확하게 테른이 말한 지점이었다.

그곳에서 산호초로 이루어진 작은 섬 같은 암초 위에 앉아 있는 메로우를 볼 수 있었다.

[당신은?]

[현중입니다. 기억하죠?]

입에 달린 성대로 대화를 하는 법을 모르는 메로우는 오직 전음을 이용한 대화법 외에는 할 수 없었다.

[네, 기억해요. 그보다 어쩐 일이세요?]

[사정이 생겨서 저희가 먼저 버뮤다 섬에 도착하게 되어 같이 가기 위해 왔습니다.]

메로우는 벌써 버뮤다 섬에 탐험선이 도착했다는 말을 듣고는 놀라워했다.

바다에서는 인어보다 빠른 존재는 없다고 알고 있었는데 그게 아니라고 생각한 것이다.

[대단하군요. 하루도 안 돼서 벌써 버뮤다 섬에 도착했다니.]

[뭐… 그렇게 되었는데 같이 가실까요?]

현중은 굳이 서두를 것도 없지만 작은 산호로 이루어진 무인도에 별다른 볼일도 없기에 가자고 말했다.

그런데 메로우는 고개를 흔들면서,

[잠시 이곳에서 저와 함께 기다려 주시겠어요? 혹시 많이
급한가요?]

현중은 메로우를 잠시 바라보다가 고개를 흔들면서,

[아니요. 굳이 급할 건 없죠. 어차피 순리대로 흘러가는 것
을 따라가는 것이니까요.]

[고마워요.]

그 후로 메로우는 잠시 산호섬 암초 위에 한참을 앉아서 하
늘만 바라보고 있었다.

현중은 바다 위에 그냥 서 있기도 뭐해서 산호섬으로 올라
와 메로우 뒤쪽에 앉아서 기다리기로 했다.

그가 적당한 위치에 자리를 잡고 앉자 메로우의 목소리가
들렸다.

[현중 씨는 혹시 달의 전설을 아시나요?]

[달? 무슨 말인지…….]

[후훗. 이건 저희 아틀란티스에서만 전해오는 전설이에요.
한번 들어보시겠어요?]

[해주신다면 기꺼이.]

현중이 듣겠다는 말을 하자 메로우는 하늘에 떠 있는 달을
보면서,

[포세이돈께서 바다의 지배자가 되시기 전에 달의 여신 루
나와 사랑을 나누던 사이였다고 해요. 그리고 포세이돈께서

는 달에 가서 직접 자신만의 바다를 만드시고 달의 여신 루나를 위해 여러 가지 행복한 생활을 하고 있었죠. 그런데 그걸 멀리서 지켜보던 태양의 신께서 시기를 하신 거예요. 그 결과 태양의 힘으로 달에 있는 바닷물은 모조리 말라 버렸고 살아 있는 생명은 하나도 없는 황폐한 땅이 되어버렸죠. 그리고 달의 여신 루나 또한 깊은 잠에 빠지셨어요. 포세이돈께서는 달의 여신 루나가 깊은 잠에 빠지자 태양의 신에게 싸움을 걸었죠. 후후훗. 하지만 물의 신과 태양의 신, 결과는 뻔했어요.]

잠시 현중을 향해 웃어 보인 메로우는 바다를 천천히 바라보았다.

[싸움에 이긴 태양의 신은 달 옆에 있는 지구에 포세이돈님을 강제로 정착시켜 버렸어요. 하지만 포세이돈님은 여전히 달의 여신인 루나를 잊지 못하고 계셨죠. 가장 크고 둥근달이 떠오를 때면 마치 조금이라도 더 달로 다가가 루나의 숨결을 느껴보고 싶어하는 바다의 마음 때문인지 바닷물이 높아져요. 애틋하죠?]

메로우는 뭔가 아름다운 추억을 상상하는 듯 조용하게 이야기했다.

현중은 그 이야기를 듣고 한 가지가 바로 생각났다.

'만조현상… 을 말하는 거군.'

보통 과학 시간에 모두 배우는 것이다. 달의 인력으로 인해 파도가 생기고 밀물과 썰물이 생기는 것 정도는 대충 알고 있으니 말이다.

물론 좀 더 복잡하고 세밀한 것이 있지만 대충 달의 인력으로 인해 생기는 것도 맞긴 하니 메로우가 말한 전설이 굳이 틀렸다고 할 수도 없었다.

[내일이면 보름달이 뜰 거예요. 그것만 보고 가면 안 될까요?]

현중은 메로우의 눈동자를 잠시 바라보다가 그러라고 했다.

어차피 15일 걸릴 것을 하루 만에 갔는데 하루 정도 더 있는다고 해서 문제될 것은 없었으니 말이다.

[좋으실 대로.]

현중이 허락하자 메로우는 활짝 웃으면서 다시 하늘을 바라보더니 조그마하게 흥얼거렸다.

철썩~

메로우의 노랫소리가 울리기 시작하자 산호초 주위의 바다가 마치 응답이라도 하듯 파도 소리가 변화하기 시작했다.

철썩, 처어~ 얼썩~

[아름다운… 바다. 그대는…….]

흥얼거리는 노랫소리에 맞춰 마치 박자를 맞추듯 파도가 춤을 춘다고 표현해야 할까? 현중이 보기에 파도와 산호초의 섬, 그리고 메로우가 마치 하나의 하모니를 이루고 있는 것처럼 들렸다.

'역시 인어도 조율자인가. 드래곤처럼.'

자연을 조율하는 능력을 가진 존재를 보통 조율자라고 부른다.

대륙에서는 그 역할을 드래곤이 했다. 물론 자연을 조율하진 않았지만 그만큼 막강한 마법의 힘으로 대륙을 조율하고 살아가는 존재다.

그래서 대륙에서는 드래곤을 조율자라고 불렀고, 드래곤이 하는 모든 행동에는 이유가 있다고 생각하는 게 보통이다.

가끔 미친 광룡이 태어나서 난리도 치지만 그것조차 주신 카일라제의 계획 안에 들어가 있는 것이라고 믿는 사람들이 바로 대륙의 사람들과 유사 인종을 포함한 모든 존재들이었다.

처음에는 현중도 이해하지 못했다.

조율자? 관리자? 그리고 주신? 신의 계획하에 움직이는 대륙의 모습이 너무나도 답답하고 한심해 보이기까지 했다.

하지만 그곳에 살아보면서 느낀 것 또한 있었다. 바로 때론

신의 조율이 필요하다는 것이었다.

물론 발전이 없는 것이 단점이긴 했다. 하지만 그만큼 평화로웠고, 따분하긴 하지만 많은 것을 보고 느낄 수 있는 곳이었다.

[메로우.]

[네?]

현중은 콧노래를 흥얼거리는 메로우를 일부러 불렀다.

[혹시 인어는 모두 메로우처럼 바다를 정화하고 같이 호흡하는 능력을 가지고 있나요?]

[음…….]

현중의 느닷없는 질문에 메로우는 가만히 생각하더니 고개를 흔들면서,

[저의 어머니와 저만 가지고 있어요. 그래서 그런지 아틀란티스가 가라앉는 상황에서도 저는 가장 안전한 곳에 있었죠. 물론 그 사람이 죽는 걸 보기 싫어서 뛰쳐나왔지만.]

'역시…….'

현중은 메로우의 대답에 확신했다.

메로우는 조율자가 분명했다. 그것도 지구의 조율자 말이다. 그런데 왜 하필 인어일까? 그리고 왜 바다를 조종할 수 있는 능력일까?

생각해 보니 결론은 금방 나왔다.

인간은 땅 위에서 살아가고 땅 위에서 죽는 존재다.

하지만 그게 다일까? 아니다.

지구에 사는 모든 생물은 바다를 떠나서 살 수 없다. 물이 없이는 그 어떤 생명도 살아갈 수 없듯 지구 생명의 근원은 바로 바다다.

그리고 바다는 곧 물이기도 했다.

'흠… 어째서……'

하지만 여기서 중요한 것은 어째서 조율자의 능력을 가진 메로우가 현대로 시간이동해서 왔느냐 하는 것이다.

메로우의 말을 들어보면 무너지는 아틀란티스에서 메로우를 강제로 현재 이곳으로 보낸 존재는 차원자가 분명했다.

하지만 현중이 만나본 차원자는 절대로 그런 일을 할 존재가 아니었다.

범우주적으로 돌아다니는 차원자가 겨우 아틀란티스가 무너지는 과거에서 조율자의 능력을 가진 인어 하나를 현재로 시간이동시킨다? 뭔가 앞뒤가 맞지 않는다.

현중이 생각하는 가설이 왠지 맞는 것 같았다.

'치우천왕… 당신께서… 메로우를 과거에서 현재로 데려오신 건가요? 그런 건가요?'

현중이 만나본 차원자 중에 없다면 그럴 가능성이 가장 높고, 그럴 이유가 있어 보이는 다른 차원자를 찾아보면 된다.

치우천왕.

그뿐이다. 지구의 일에 깊게 관여할 만한 차원자는 말이다.

차원자로서 선택이 되는 순간 신의 반열에 오르게 된다고 들었다. 그 말은, 즉 다른 차원자들도 치우천왕이 지구에서 뭔 짓을 하든 결과가 나타나지 않는 이상 끼어들 수 없다는 말이다.

전혀 배경을 알 수 없던 퍼즐 조각이 하나씩 맞춰지듯 현중은 지금의 상황을 자신만의 추리로 하나씩 완성해 가고 있는 중이었다. 나름 객관적으로 생각해도 가능성이 높은 추리였다.

'정말 치우천왕 당신입니까? 당신께서 메로우를 이곳에 보내신 건가요?'

현중은 정말 묻고 싶었다. 도대체 치우천왕은 무슨 생각으로 이렇게 세계에 커다란 영향을 미칠 만한 메로우를 현대로 불러들였는지 말이다. 메로우가 나타나지 않았다면 오리하르콘으로 인해 지금 이런 사건이 일어나지 않았을지도 몰랐다.

아니, 어쩌면 미국에서 발견한 오리하르콘조차 누군가 미리 준비한 것이라면? 그리고 그 존재가 치우천왕이라면?

더더욱 현중의 머릿속이 복잡해질 뿐이었다.

굳이 전쟁의 씨앗이 되는 오리하르콘을 세상에 드러나게 하고, 또 아틀란티스의 존재와 더불어 위치까지 알고 있고 그곳에 들어갈 수 있는 열쇠의 역할을 하는 메로우를 어째서 과거에서 데려와 현재에 풀어놓았는지 말이다.

'…모르겠어.'

현중은 자신만의 추리를 하면서 현재 어떻게 상황이 흘러가는지 최대한 판단하려고 고심해 보았다.

하지만 반대로 메로우는 현중이 골똘히 생각하는 것 같자 다시 잠시 멈췄던 콧노래를 흥얼거리면서 파도와 함께 하모니를 이루기 시작했다.

한참 해가 떠오르고 다시 졌다. 현중은 끊임없이 생각을 했고, 메로우는 줄곧 콧노래만 중얼거렸다.

[루나님이 나오셨네요.]

'……?'

콧노래를 흥얼거리던 메로우의 노랫소리가 멈추었다.

메로우의 말에 현중이 고개를 슬쩍 들어보니 정말 커다랗고 둥근 보름달이 산호초 섬 바로 위에 떠 있었다.

[크군요.]

현중은 지금까지 살아오면서 이렇게 달을 선명하게 본 적이 없었다. 아니, 하늘에 떠 있는 수많은 별조차 제대로 본 적이 없다. 밝은 야경에 가려져 정작 밤하늘에 떠 있는 별을 본 것이 언제인지 기억조차 하지 못하고 있었던 것이다.

그나마 유일하게 별을 봤을 때라면 군대에서 보초를 설 때? 그때가 아마 유일했을 것이다.

도시는 그만큼 밝았고 그만큼 어둡기도 했으니 말이다.

[크죠? 후후훗. 루나님도 포세이돈님을 많이 사랑했나 봐요. 이렇게 가까이 다가오시니까요.]

메로우는 달을 한껏 바라보다가 바다로 뛰어들었다.

풍덩!

맑은 바닷물이 한번 사방으로 튕기고 나서 메로우는 얼굴을 내민 채 바다 위에 떠 있는 달을 향해 양손을 높이 펼쳐서 노래를 하기 시작했다.

[사랑의… 그대가… 언제… 그대를…….]

그냥 듣기에 따라 삼류 사랑 노래 같기도 하지만 그걸 부르는 메로우는 너무나도 진지했고 자신의 슬픔을 녹여내는 것 같았다.

장장 메로우의 노래는 몇 시간 동안 계속되었고 지칠 줄 모르는 메로우가 노래를 그쳤을 때는 커다란 달이 제법 기울어진 뒤였다.

[루나께서 말씀하시네요.]

'……?'

[원하는 대로… 바라는 대로… 그리고 슬퍼하지 말고 굳게 앞으로 나가라고요.]

[그런가요?]

현중은 전혀 듣지 못한 말이지만 메로우는 분명히 들은 듯한 표정이다.

그리고 메로우는 바다에서 나와 지느러미가 다리로 변하자 곧장 걸어서 현중의 곁으로 다가왔다.

[가요. 그곳에는 제가 그의 곁으로 갈 수 있는 방법이 있을지도 몰라요.]

메로우도 목적이 있기에 마리아와 현중에게 협력하고 있는 것이다.

그렇다. 세상은 모두 각자의 목표를 가지고 살아가는 법이다. 때론 그게 서로 적으로 만들기도 하지만 때론 서로 등을 맡길 수 있는 동지를 만들기도 했다.

[그럼 안전하게 편하게 모시겠습니다, 레이디.]

현중이 장난스럽게 웃으면서 메로우의 손을 살며시 잡았다. 메로우도 마리아에게서 배웠는지 허리를 굽히는 것과 동시에 무릎을 살짝 구부려 현중에게 대답했다.

[별말씀을.]

잠시 서로의 장난에 장단을 맞춰준 메로우와 현중은 눈동자를 바라보다가 그대로 사라져 버렸다.

현중과 메로우가 사라진 자리에는 파도만이 철썩이고 있었고, 둘의 발자국만이 이곳에 그들이 있었다는 증거로 남겨졌다.

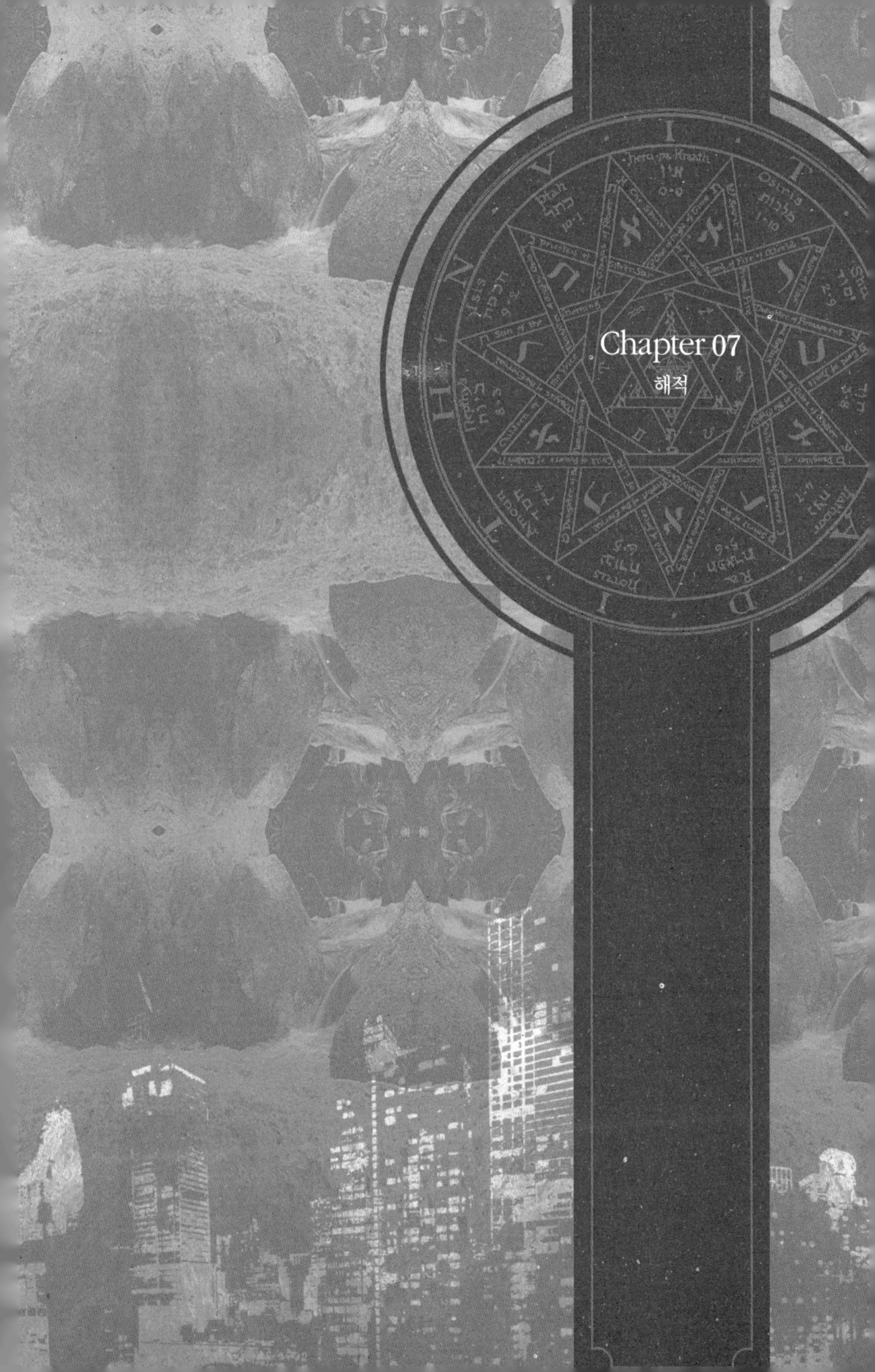

Chapter 07
해적

"이건……?"

현중이 메로우를 데리고 탐험선으로 돌아와 처음 본 모습에 잠시 뭔가 착각했나 싶은 생각을 했다.

[왜 탐험선이 이런 거죠?]

[저도 잘…….]

분명히 현중이 떠나올 때는 삐까번쩍하니 아무런 이상이 하나도 없는 탐험선이었다. 그런데 겨우 하루가 지나 돌아와 보니 탐험선 곳곳에 총알 자국이 나 있고 곳곳에 아직도 연기가 피어오르는 듯한 모습도 보였다.

거기다 간간이 탐험선 위에서 들리는 총소리와 화약 냄새가 현중의 성미를 건드리기 충분한 상황이다.

현중이 메로우를 위해서 탐험선에서 조금 떨어진 바다 위로 이동했으니 망정이지 탐험선으로 이동했으면 메로우에게 뭔 일이 생겼을지도 몰랐다.

[잠시 제가 가볼 테니 이곳에서 기다려 주세요.]

[네, 현중 씨.]

현중이 메로우의 손을 놓자 메로우는 기다렸다는 듯 바닷속으로 빨려들어 가버렸다. 하지만 곧 환하게 웃는 모습으로 얼굴을 내밀었다.

[그럼 잠시만…….]

말을 마친 현중이 고개를 돌려 탐험선을 바라보며 사라졌다.

[큰일이 아니면 좋으련만…….]

메로우는 그냥 큰일이 아니면 좋겠다는 생각뿐이었다. 이미 아틀란티스 대륙이 가라앉는 엄청난 것을 보고 난 뒤라서 그런지 오히려 그것이 트라우마가 된 듯 싸움이나 다툼에 이상하게 민감한 반응을 보이고 있었다.

"이런, 이건 도대체 뭐지……."

현중은 우선 상황을 모르는 입장이라 탐험선의 가장 높은 망루에서도 가장 꼭대기에 모습을 드러냈다. 그런데 망루에서 내려다본 아래 상황이 가관인 것이, 마치 전쟁터 한가운데를 탐험선이 지나온 듯한 모습이었다.

갑판은 수류탄이 터졌는지 구멍이 몇 곳이 뚫려 있었고 멀리서 본 선체 외벽 부분의 총알 자국은 탐험선 안쪽 상황에 비하면 애교에 가까울 정도였다.

타타타타타타!!

현중이 잠시 갑판을 살펴보는 사이에도 선실 안으로 침투하려는 녀석들이 AK 소총을 쏴대고 있었고, 선실 안쪽에서도 마리아가 데려온 용병들이 반격하고 있는 상황이었다.

"우선 정리부터 해야겠군."

상황 파악은 나중이고 우선 탐험선에 총질해 대는 녀석들부터 처리하기로 마음먹은 현중은 망루 꼭대기에서 그대로 한쪽 발을 내밀어 아래로 떨어졌다.

슈욱~

쿵!!

높이가 어림잡아 10미터는 되어 보이는 곳, 탐험선에서도 가장 높은 곳인 망루 꼭대기에서 그대로 떨어졌으니 그 충격이 오죽하겠는가.

하지만 현중은 어떠한 충격도 받지 않은 모습으로 총질을 해대는 곳 한복판에 떨어졌다.

타타타타타타!!

타타타타타타!!

그런데 그 누구도 현중이 나타난 것을 모르고 있었다.

"이러다 존재감 지우는 게 아주 습관이 되겠어."

망루에서 떨어질 때 현중은 자신의 존재감을 완전히 지워 버렸다. 그러자 요란한 소리를 내면서 떨어졌지만 모두 한 번 힐끗 쳐다만 볼 뿐 현중을 알아차리지 못한 것이다.

허름한 옷에 머리에 비니를 쓰고 있고 반바지에 슬리퍼를 신고 있는 녀석들이 AK 소총으로 선실을 향해 무작위로 총질하는 모습이 선명하게 현중의 눈에 들어왔다.

"해적인가?"

의문도 잠시, 현중은 그대로 한 걸음 성큼 걸었다.

스윽~

떨어진 곳에서 현중의 몸이 사라졌다.

그리고 들리는 타격음.

퍼격!!

털썩!

단 한 번의 타격음과 함께 가장 앞에서 신나게 총질하던 해적 하나가 무려 3미터 정도 하늘을 날아올라 탐험선의 가장 끝에 처박혔다. 일순간 총소리가 멈췄다.

"뭐, 뭐야?!"

용병들도 해적들의 총질이 멈추자 곧바로 발포를 그만두

고 재정비하느라 정신이 없었다. 그런데 이상하게 총소리가 10초 이상 들리지 않기에 바텐이 슬쩍 고개를 내밀어보고는 갈아 끼우던 탄창을 놓치는 실수를 했다.

"왜 그래?"

"저, 저거."

바텐이 말하면서 손짓을 하자 용병들도 그제야 모두 밖을 내다봤다. 전원 밖의 상황을 보고는 동작을 멈췄다.

퍼걱!!

다섯 명의 해적이 마치 무언가에 심하게 얻어맞은 듯 허공을 날아다니고 있었고, 아직 남아 있는 해적들은 사방으로 칼질하느라 정신이 없었다.

혼란스러운 상황에 총을 쏘기 시작하면 서로 아군끼리 맞는 것을 알고 있는 누군가가 칼로 싸우라고 명령했고, 모두 정글도와 비슷한 칼을 꺼내 무작위로 허공에 칼질하고 있는 모습이었다.

퍼걱!!

털썩.

하지만 그것도 허무하리만큼 해적들의 숫자는 급격하게 줄어들었다. 갑판 위의 해적이 줄어들수록 허공에 떠 있는 해적들의 숫자는 늘어만 갔다.

쿠당탕! 철퍼덕!

거의 열 명이 넘는 해적들이 탐험선의 갑판에서 더 이상 서 있는 녀석이 없을 때까지 걸린 시간은 겨우 몇 초였다.

그 뒤, 현중이 존재감을 드러내자 그제야 바텐이 현중을 알아봤다.

"헛! 동양인 청년이다."

"헛! 정말……."

용병들은 해적들이 미친 듯 허공에 칼질하는 등 해괴한 짓을 하고 난 다음에 현중이 나타나자 소리쳤다.

"위험해!! 어서 이리로 와!!"

아직 해적선이 탐험선 옆에 붙어 있기 때문이었다.

"잠시만 기다리시죠. 곧 정리될 테니."

현중은 웃으면서 용병들에게 말하고는 탐험선 옆에 딱 붙어 있는 해적선을 향해 다가갔다.

허름했다. 마치 낡은 어부의 고깃배를 재활용한 듯 낡았지만 해적선의 뱃머리에 대공포에 버금가는 기관총이 달려 있었고, 뒤쪽에도 두 개의 기관총이 달려 있는 것이 너무나 어색해 보이기까지 했다.

"쓰레기들."

도적에도 특징이 몇 가지 있다. 그나마 도적 중에 하급이 바로 산적이다.

산적은 최소한 목숨을 빼앗는 경우는 별로 없었다. 물론 아

닌 경우도 있지만 대부분 돈 되는 것을 빼앗으면 그냥 보내주
는 편이 많았다.

자신들의 세를 과시하는 것도 있지만 죽이게 되면 앞으로
이곳을 지나는 사람이 적어질 것이고 자신들만 손해를 보기
때문이다.

하지만 해적은 달랐다.

해적은 무조건 죽인다. 배를 가라앉히고, 여자는 끌고 가
고, 남자는 죽인다. 인질의 가치가 없는 사람은 죽여서 바다
에 던져 버린다. 배는 끌고 가자니 귀찮고 무겁다. 여자는 팔
수 있지만 남자는 안 팔렸다. 그러니 그렇게 하는 게 당연했
다.

그래서 현중은 해적을 지독히도 싫어했다.

―마스터, 제가 처리하겠습니다.

현중이 해적선을 향해 거의 다가갔을 때 테른의 목소리가
현중의 귓가에 들렸다.

"네가?"

―마스터, 여기서 배를 가라앉힐 만한 능력을 보이시면 귀
찮아질지도 모릅니다.

현중은 테른의 대답에 잠시 생각하더니 곧 걸음을 돌렸다.

"한 놈도… 남기지 마라."

―명심하겠습니다, 마스터.

갑자기 현중이 해적선을 향해 가다가 돌아서자 바텐은 일어서서 손짓까지 해가면서 빨리 이곳으로 피하라고 했다.

하지만 현중은 여전히 걷는 걸음으로 가면서,

"이제 안전합니다."

쾅!!

현중의 말이 끝나기가 무섭게 갑자기 폭발하는 해적선. 마치 커다란 폭탄이 터진 듯 해적선은 화염에 휩싸였고 바닷속에 빨려들 듯 가라앉아 버렸다.

용병들은 갑자기 일어난 일련의 사태에 도대체 정신을 차릴 수가 없었다. 기세 좋게 총질하던 해적들이 갑자기 허공에 칼질을 하다가 날아가 처박혀 죽어버리고, 해적선은 혼자 폭발하고 가라앉아 버리다니. 실제로 이런 일이 일어나는 경우는 거의 없기 때문에 용병들은 더욱 당황하고 있었다.

하지만 그런 것보다 현중은 상황이 이렇게까지 벌어졌는데 도대체 마리아와 알렉산드로, 베이스퍼는 뭘 하고 있기에 코빼기조차 보이지 않는지 이해가 가지 않았다.

"그보다 어떻게 된 겁니까? 해적은 어떻게 된 거고… 왜 마리아와 일행이 보이지 않죠?"

"그게… 당했습니다."

"네?"

바텐은 현중에게 상황을 천천히 설명하기 시작했다.

현중이 탐험선을 떠나고 나서 얼마 뒤 인근 버뮤다 섬에서 고기잡이 배 한 척이 탐험선 옆으로 다가왔다고 한다. 그리고 그 고깃배에는 늙은 어부와 어린 손자가 그물로 고기를 잡는지 나름 고깃배에는 고기가 많았다는 것이다.

고깃배가 다가온 이유는 고기를 싸게 줄 테니 좀 사달라는 것이었다. 보통 고깃배가 여행객이나 요트 객에게 고기를 파는 경우가 제법 있기에 선원과 용병들도 별 의심하지 않고 먹을 만큼 고기를 샀다고 한다.

그런데 진짜 문제는 그다음에 벌어졌다.

"저기… 혹시 이것도 사주실 수 있습니까?"

라고 하면서 어부가 꺼낸 작은 금속 조각 하나가 문제의 시작이었던 것이다.

우연히 고기를 구매하기 위해 갑판에 모여 있던 선원들의 모습에 호기심을 느낀 마리아가 나왔다가 어부가 내민 금속 조각을 보고는 황급히 사겠다고 했다.

그리고 잠시 안으로 들어간 그녀는 곧장 나와 어부에게 어디서 이것을 구했냐고 물어보았다. 어부가 여차저차 대답해 주자 그녀는 작은 탐험정을 내려 베이스퍼, 알렉산드로, 그리고 억지로 달라붙는 데이비드까지 함께 바다로 나갔다. 용병들에게는 배를 잘 부탁한다는 한마디뿐이었다.

"그리고 해적이 쳐들어왔군요."

현중이 다음 이야기는 안 들어봐도 뻔하기에 물어보자,

끄덕.

고개만 끄덕인 바텐은 표정이 심각했다. 갑판은 심하게 훼손되었고 배 외부에는 총알 자국이 수십 군데나 만들어져 버렸다.

거기다 정말 심각한 것은 배 외곽에 총알구멍이 생기면서 스텔스 기능이 무용지물이 되어버렸다는 것이다.

"계획적이라고 말하는 거군요, 바텐 씨는."

"네. 해적들이 자주 써먹는 방법이죠. 보통 탐험선이나 요트 같은 경우 돈 되는 것들이 많은 편이죠. 그래서 뭔가 그들이 움직일 만한 것을 보여줘서 전력을 분산시키는 겁니다. 그리고 신속 정확하게 배를 습격해서 탈취, 필요한 것만 챙겨서 배를 가라앉힌 다음 유유히 사라지는 게 해적들의 방식입니다."

바텐은 전쟁터에서 잔뼈가 굵은 사람이기에 너무나도 잘 알고 있었다.

한마디로 재수가 없으려니 탐험선 전력의 90%를 차지하는 사람들이 모두 탐험정을 타고 나가 버리면서 이런 사달이 벌어졌다는 것이다.

"서둘러! 곧장 수리해야 한다. 특히 외벽을 먼저 수리해서 스텔스 도료를 발라야 해! 서둘러!!"

선장은 지금 상황에 뭐가 우선인지 냉정하게 판단하고는 먼저 총알구멍이 나버린 탐험선의 외벽을 수리하고 스텔스 도료를 바르도록 명령했다.

혹시나 몰라서 수리용 스텔스 도료를 조금 챙겨온 것이 이렇게 도움이 될 줄은 선장도 예상치 못했지만, 하늘이 도왔는지 수리는 빠르게 진행되었다.

"수고하셨습니다."

"별말씀을……. 이런 일을 막기 위해서 저희가 동승한 거니까요."

노련한 용병 다섯 명이 탐험선에 있었기에 인명 피해 없이 해적들을 막을 수 있었다.

즉각 뭔가 이상하다고 느낀 바텐은 해적들이 침입하자마자 곧바로 모든 선원을 선실에 집어넣고 유일하게 탐험선에서 선실로 진입할 수 있는 입구 하나를 철벽같이 지켰다. 그렇기에 그나마 피해가 이 정도에서 그칠 수 있었다.

"아, 이번 일은 왠지 손해 보는 느낌이야."

상황이 모두 끝나자 그제야 용병들도 각자 시시덕거리면서 농담을 주고받기 시작했다. 아직 본격적인 탐험은 시작도 하지 않았는데 벌써 해적이 들이닥치고 신고식 한번 화려하게 한 것 같았다.

그로부터 세 시간 동안 용병들과 선원들은 배를 수리하고 최대한 정상화를 시키는 데 노력하느라 눈코 뜰 새 없이 바빴다. 해적 시체 처리도 그 분주함에 한몫했다.

현중은?

"난 할 일이 없네?"

여전히 선미 끝으로 와서는 조용히 앉아서 바다를 바라보고 있었다. 물론 아래 바다에는 메로우가 있어 심심하진 않았다.

그런데 용병들과 선원들이 현중에게 그 어떤 일도 시키지 않는 것은 모두 이유가 있었다.

배의 최고 책임자인 마리아가 조심스럽게 대하는 현중이다. 이미 둔감함 데이비드가 눈치챌 정도인데 뱃일에 잔뼈가 굵은 선원들이 그 정도 눈치를 모를 리가 없다.

그러다 보니 그냥 내버려 두는 것이다. 거기다 우연인지 행운인지 현중이 나타나고 나서 해적이 거짓말처럼 다 죽어버렸기에 약간의 고마움도 있었다.

선원들이 어떻게 생각하든 현재 현중이 도울 만한 것이 없다는 것도 현중이 이렇게 아무런 방해를 하지 않을 선미 끝에 나와 앉아 있는 이유이기도 했다.

도움을 주는 것도 뭔가 알고 있어야 줄 수 있는 법이다. 배는커녕 탐험선이 어떻게 움직이는지도 전혀 모르는 현중이 지금처럼 복잡하게 움직이는 선원들 사이에 끼어드는 건 오히려 방해만 할 뿐이라는 것을 스스로가 잘 알고 있기도 했다.

"……!!"

몇 분 앉아 있었을까? 갑자기 현중이 자리에서 벌떡 일어서더니 바람처럼 날아서 갑판에 내려섰다.

그리고 잠시 주변을 두리번거리더니 갑판 끝에서 해적의 시체를 정리하고 있는 용병들을 발견하고는 서둘러 다가갔다.

"바텐 씨."

"네?"

"혹시 마리아 일행이 어디쯤 있는지 알 수 있습니까?"

"지금 현재 위치 말인가요?"

뜬금없이 마리아의 위치를 물어보는 현중의 질문에 바텐도 고개를 갸웃거렸다.

하지만 현중은 아랑곳하지 않고,

"이곳의 탐험선에만 해적이 들이닥쳤다고 생각하는 건 잘못된 게 아닐까요?"

"……!!"

현중의 말을 듣자 바텐의 표정이 급격히 굳어져 갔다.

자신들이 당한 일이 너무 급작스러워서 미처 그걸 생각지 못한 것이다. 해적들이 전력을 분산시키기 위해서 작전을 짰다면 당연히 탐험선보다 더 작고 처리하기 쉬운 탐험정을 노렸을 게 분명하기 때문이다.

"설마… 마스터와 마이스터가 함께 있는데……."

"어차피 사람입니다."

현중은 바텐의 말을 단칼이 잘라 버리면서,

"위치를 알고 싶습니다."

"…그게… GPS 수신기를 탐험정에서 가지고 가버려서……."

"다른 건 없나요?"

"없습니다. 보안 유지와 저희들의 특수한 상황 때문에 선원들은 그 어떠한 연락 수단도 가지고 있지 않고 있거든요. 오직 선장실의 무전기와 백작이 가지고 있는 GPS 수신기만 유일한 수단입니다."

"이런……."

탐험선보다 훨씬 작고 인질 등 여러 가지 이득이 많은 탐험정을 해적들이 가만히 놔뒀을 리가 없다는 것을 현중도 방금 생각났다.

"할 수 없군."

현중은 그대로 망루로 올라가더니 가장 높은 꼭대기에 올라섰다.

겨우 10㎝도 되지 않는 지름을 가진 망루 꼭대기 위에 편안하게 서서 주변을 살펴봤지만 보일 리 만무했다. 이미 망루 위에서 보일 거리였다면 탐험선에서 울린 총소리를 듣고 달려왔을 테니 말이다.

"테른."

—네, 마스터.

"마법으로 탐지 가능한 거리는 한계가 어느 정도지?"

—지형지물에 따라 다르지만 지금처럼 바닷가라면 100㎞까지는 100% 확실합니다. 그 이상은 오차 범위가 거리에 따라 늘어납니다.

"그래……. 그럼 당장 찾아라, 마리아와 그 일행을."

—네, 마스터.

현중의 명령이 떨어지자 테른은 그대로 현중의 그림자를 벗어나 하늘 높이 치솟았다.

최대한 넓은 범위를 탐색하기 위해서는 높은 곳에 있는 것이 유리하다는 것은 마법이나 과학이나 별반 다를 게 없었다.

슈우욱!!

허공을 가르면서 테른이 얼마나 높이 올라갔을까? 구름이 테른의 얼굴을 차갑게 간질일 정도의 상공까지 올라오자 테른이 상승을 멈추었다.

—마나여, 나의 부름을 받은 마나여, 잃어버린 자를 찾아다오. 마나가 닿을 수 있는 그곳까지.

파앙!

테른의 몸에서 마나가 용트림하더니 거대한 마나의 폭발이 일어나 커다란 푸른 띠가 터지듯 퍼져 나갔다.

꿀렁~

마나의 용트림에 구름도 자극을 받았는지 테른이 퍼뜨린 마나의 띠가 지나간 자리에는 구름이 약간이지만 출렁이면서 움직이기까지 했다.

—…….

테른은 눈을 감고 모든 정신을 자신이 퍼뜨린 마나 탐지에 집중했다. 초당 수십 킬로미터로 날아 아래의 모든 것을 탐지하는 마나의 띠가 거의 50km에 이르렀을 때까지 테른의 감각에 걸리는 게 없었다.

—…….

그리고 100km를 넘었을 때 테른의 눈이 천천히 떠지면서 조용히 중얼거렸다.

—빙~ 고.

찾은 것이다. 그것도 운이 좋은지, 아니면 바다 위라서 그런지 제법 멀리 있지만 정확한 위치를 잡아낼 수 있었다.

다만 지금도 빠르게 움직이고 있다는 것이 약간의 문제였지만 현중이라면 그 정도는 문제도 아니었다.

—마스터.

"찾았나?

1분도 지나지 않아 테른의 목소리가 현중에게 들렸다.

─남쪽으로 일직선으로 가시면 있습니다. 다만 현재도 움직이고 있습니다. 그리고 탐험정 뒤로 두 척의 배가 뒤따르고 있는 것이 확인됐습니다.

씨익~

테른의 보고를 받은 현중은 입가에 미소를 지으면서 그대로 남쪽을 향해 고개를 돌렸다. 바람에 녹아들 듯 그가 망루에서 사라져 버렸다.

"뭔 허름한 배가 저렇게 빠른 거야!"

알렉산드로는 뒤를 보면서 악에 받친 고함을 쳤지만 지금 상태로는 그저 메아리에 불과했다.

처음에는 그저 어부가 팔려고 하는 금속 조각이 왠지 낯익어서 가까이 살펴보니 웬걸, 오리하르콘이 아닌가? 마리아는 그 즉시 조각을 우선 사서 직접 비교를 해봤다.

그리고 내린 결론은 오리하르콘이 맞았다.

현재 현중이 메로우를 데리러 간 상태였지만 혹시나 오리하르콘이 이곳 주변에 더 있다면 일거양득인 셈이기에 생각할 것도 없이 우선 탐험정으로 내려서 움직이기로 한 것이다.

물론 베이스퍼도 동행했다. 알렉산드로는 탐험선에 있어

봐야 심심하다고 탐험정에 올라탔고, 데이비드는 마리아가 움직이자 억지로 달라붙어서 타게 되는 바람에 탐험정은 현재 제법 비좁았다.

"요즘 해적은 무슨 고속 엔진을 저런 거지같은 배에 달아 놓는 거냐고! 젠장!!"

신경질적으로 뒤를 보면서 알렉산드로는 손에 들고 있던 권총의 방아쇠를 당겼다.

탕!

탐험정의 엔진 소리에 거의 묻히긴 했지만 권총에서 발사된 총알은 바로 뒤를 따라오던 해적선의 가장 선두에서 기관총을 잡고 있던 사수의 머리를 정확하게 꿰뚫어 버렸다.

첨벙!

머리에 총알구멍이 난 해적은 그대로 바다로 빠져 버렸다.

그 때문에 해적선이 조금은 멀어지긴 했지만 그것도 잠시였다. 이상한 헬멧을 쓰고 다시 기관총을 잡으려고 하는 해적이 나타난 것이다.

탕!

알렉산드로의 권총이 또다시 불을 뿜었고, 이번에는 해적의 허벅지를 정확하게 맞췄다.

역시 스페츠나츠라고 해야 할까? 심하게 흔들리고 고속으로 달리고 있는 배 위에서 그것도 권총으로 제법 멀리 있는 배 위의 해적 머리와 허벅지를 정확하게 맞췄으니 말이다.

하지만 해적선은 두 척이고 얼추 해적의 숫자만 봐도 열 명은 넘어 보였다.

"젠장, 탄창이 하나뿐인데……."

여덟 발이 들어 있는 권총을 가지고 있던 알렉산드로는 난감한 표정을 지었다.

그런데 마스터가 두 명에 마이스터가 한 명이 있는 일행이 왜 도망을 갈까? 얼핏 보면 해적의 목을 모두 따버려도 시원치 않을 전력이 현재 탐험정에 타고 있지만 오로지 도망만 치고 있는 마리아였다.

그런데 이 모든 상황의 원인은 바로 데이비드와 그냥 급하게 나오느라 무기를 전혀 챙기지 않은 마리아와 베이스퍼 때문이었다.

데이비드를 제외한 사람들은 총알 정도는 피할 자신이 있었다. 하지만 평범한 사람인 데이비드는 혹시라도 눈먼 총에 맞으면 정말 심각한 일이 벌어진다. 그러다 보니 마리아는 어쩔 수 없이 데이비드라는 왕족 하나 때문에 죽어라 도망가는 중이었다.

처음에는 탐험선 쪽으로 방향을 틀려고 했다. 그때 알렉산드로가 해적은 본래 몰이사냥을 하는 녀석들이니 절대 탐험선 쪽으로 가면 안 된다고 조언했다. 그 조언을 듣고 보니 맞는 말 같아서 할 수 없이 마리아는 반대쪽으로 전속력으로 달리게 했다.

물론 고속정인 탐험정으로 손쉽게 허름한 해적선을 따돌리고 멀리 돌아서 돌아갈 생각이었다.

하지만,

"해적들 배랑 엔진이랑 너무 매치가 안 되잖나. 젠장할!!"

그렇다.

허름하고 금방이라도 가라앉을 것처럼 보이는 해적선 뒤에 달린 엔진은 탐험정이 가지고 있는 엔진과 비슷한 엔진을 달고 있었던 것이다.

대충 몇 분만 도망가면 될 줄 알았던 마리아는 결국 계속 기관총을 피해 지그재그로 움직이면서 멀리 멀리 나아갈 뿐이었다.

쾅!

그러다 갑자기 마리아 일행이 타고 있던 고속정 뒤에서 연기가 피어올랐다.

"보스, 한 방 맞은 것 같은데?"

가장 뒤에 있던 알렉산드로가 말하자 마리아는 입술을 질끈 깨물었다. 엔진 하나가 완전히 기능을 잃어버린 것이다.

탐험정의 속도가 급속도로 떨어지기 시작했다.

두 시간 가까이 추격전을 벌이던 것이 드디어 끝날 것 같은 상황이 벌어진 것이다.

"검만 있었으면……."

마리아는 그동안 기사라기보다는 지휘자로서 움직이는 경우가 많다 보니 자신도 모르게 품에서 검을 떼어놓고 다니는 경우가 많았다. 그 사소한 습관이 반복되다 보니 결국 가장 중요한 이때 검이 없는 불상사가 벌어져 버렸다.

"쩝. 별수 없지. 내가 해적선 하나는 처리하지."

베이스퍼가 별수 없이 싸워야 할 것 같은 상황이 벌어지자 몸을 살짝 풀면서 일어섰다. 알렉산드로도 따라 일어났다.

"그럼 반대쪽 하나는 제가 담당하죠."

"마야, 넌 저 사고뭉치를 잘 보호해라."

"네, 스승님."

바다 위, 흔들리는 배, 거기다 무기 하나 없이 맨손으로 해적의 배 위로 올라가는 것은 아무리 마스터이고 마이스터라고 해도 위험부담이 큰 건 마찬가지였다. 그들도 사람이니 말이다.

다만 알렉산드로가 자신의 다리에 숨겨져 있던 대검 하나를 꺼내 베이스퍼에게 넘겨주자,

"이거라도 있으면 죽진 않겠죠?"

"최소 손에 피는 묻지 않겠지."

알렉산드로가 넘겨준 대검을 받아 든 베이스퍼는 마치 한

마리의 표범과 같은 눈빛으로 바뀌면서 온몸의 마나를 활성화시키기 시작했다.

세포 하나하나, 근육의 깊숙한 곳까지 마나를 가득 활성화시켜서인지 평범한 데이비드의 눈에도, 베이스퍼의 몸에서도 푸른 아지랑이가 피어오르는 것을 볼 수 있었다.

바다에서 싸워본 경험이 전혀 없는 베이스퍼는 스스로도 지금 긴장하고 있는 중이었다.

현중처럼 바다 위를 마음대로 걸어 다닐 수 있는 능력이 있다면 모를까, 베이스퍼도 바다에 빠지면 어쩔 수 없이 헤엄쳐야 한다.

물론 무협지에 나오는 수상비(水上飛) 정도의 능력을 보일 수는 없지만 몇 발자국 정도는 물을 차고 뛰어오를 수 있긴 했다.

"후우."

베이스퍼가 마나를 이렇게까지 최고조로 활성화시키는 이유가 바로 데이비드의 안전을 위해서 해적선이 다가오기 전에 바닷물 표면을 타고 해적선 안으로 뛰어들기 위해서이다.

한마디로 마나를 퍼부어서 바다 위를 잠깐이나마 뛰어다닐 생각인 것이다.

현중이 봤으면 참 무식하다고 했겠지만 옆에서 베이스퍼의 모습을 보고 있는 알렉산드로는 온몸의 털이 곤두서는 느낌이었다.

'이 영감, 이 정도였어?'

솔직히 알렉산드로는 마이스터라고 해서 그저 마스터보다 조금 더 강한 정도라고 생각했다.

하지만 그런 생각이 얼마나 오만한 생각인지 지금 직접 느끼는 중이었다. 좁긴 하지만 현재 탐험정의 실내는 베이스퍼의 마나로 인해 숨이 막힐 지경이었고, 바로 옆에 있는 알렉산드로는 자신의 마나를 최대한 활성화시켜 베이스퍼의 마나에 밀리지 않으려 용을 쓰고 있는 중이었다. 마리아 뒤에 있는 데이비드는 그나마 마리아가 막아줘서 별로 느끼는 게 없었지만 알렉산드로는 베이스퍼의 진면목을 보고는 놀랐다.

고작 마스터에서 한 단계 올라간다고 생각했던 마이스터의 단계는 보기에는 그냥 한 단계처럼 보이지만 그 능력과 위력은 수십 배는 넘어 보였다.

'완전 괴물이잖아. 그 현중님과 비교… 는 안 되겠지만… 조심해야 될 사람이 또 생겼군.'

알렉산드로는 베이스퍼도 자신이 앞으로 살아가면서 조심해야 될 인물에 포함시켰다.

스페츠나츠에 있을 때는 자기보다 빠르고 강한 군인이 없었다. 특수 임무에서도 언제나 그가 단연 돋보였고, 아무리 힘든 임무라도 빛나는 성공을 나라에 안겨주었던 알렉산드로가 아닌가?

그리고 속아서 가지긴 했지만 마나석을 얻어서 마스터의 길에 발을 들여놓기까지 했다.

하지만 지금 주변에 있는 사람들과 비교하니 여전히 자신은 스페츠나츠에 처음 들어왔을 때의 무력감이 느껴졌다.

'뭔 놈의 세상에 이렇게 센 놈들이 많은 거야, 정말.'

지상 최강의 생물이라고 해도 과언이 아닌 현중을 가장 처음 만났고, 싸움을 걸었던 마리아도 강했다. 거기다 그녀의 스승이라고 하는 베이스퍼는 절대로 적으로 만나고 싶지 않은 사람 중 하나이기도 했다. 그러니 알렉산드로가 그런 무력감을 느끼는 것은 어쩌면 당연한 일일지도 몰랐다.

그렇지만 단 한 가지, 알렉산드로가 베이스퍼와 마리아보다 우위에 있다고 자부할 수 있는 것은 10년이 넘도록 스페츠나츠에 있으면서 치렀던 수많은 작전과 임무를 성공적으로 마쳤다는 경험이다.

그리고 베이스퍼나 마리아처럼 특정 무기를 귀신처럼 잘 다루지는 못하지만 총부터 대검까지 살상 무기는 그 무엇이든 가지고 놀 수 있는 기술도 있었다.

즉, 그들이 더 강할지는 모르지만 죽이는 데는 알렉산드로가 아직은 우위에 있다는 것이 알렉산드로 혼자만의 생각이었다.

“하찻!!”

해적선 하나가 엔진이 고장 나서 속도가 줄어드는 탐험정 가까이 다가오자 곧장 베이스퍼는 알렉산드로가 준 대검을 움켜쥐고 뛰어나갔다.

탁!

거리가 대충 6미터는 넘게 벌어져 있지만 베이스퍼에게는 그리 멀지 않았다. 충분히 그의 능력으로 그 정도 거리는 단 번에 뛰어 해적선 안으로 들어갈 수 있지만 절대로 그러지 않았다.

총으로 무장하고 있는 해적들 앞에서 높이 뛰어 해적선에 침투한다는 것은 해적들의 총알에 표적이 되어 온몸이 벌집이 되겠다는 것과 같은 것이기 때문이다.

찰랑~ 찰랑~ 찰랑~

날 듯 빠르게 바닷물을 차고 뛰어가는 베이스퍼의 모습은 마치 바닷새가 물을 차고 나는 것 같은 착각을 불러일으켰다.

타핫!!

몇 번 바닷물을 차고 뛰지 않았는데 베이스퍼가 안전하게 해적선 안으로 들어갔다. 곧바로 해적선은 난리가 났다.

우당탕탕!

탕탕탕탕탕! 타타타타타타타!!

베이스퍼의 갑작스런 난입으로 인해 해적선에 있던 해적

들은 총을 쏴대기 시작했다.

하지만 그것도 잠시뿐,

철컥!

빈 탄창 소리가 요란하게 들릴 때쯤 해적선에서 베이스퍼를 제외한 그 누구도 살아 있지 않았다.

다만 진하게 핏물이 묻어 있는 대검을 손에 쥔 베이스퍼만 오롯이 서 있을 뿐이었다.

"영감, 진짜… 세네."

알렉산드로는 베이스퍼의 활약을 보고는 고개를 흔들었다.

저건 강하다는 말로는 표현이 안 되는 무력이 아닌가?

뛰어들어 가장 먼저 앞쪽에 기관총을 잡고 있는 사수의 목을 단번에 잘라 버리고, 발이 해적선 바닥에 닿자마자 바람처럼 해적들을 헤집고 다니면서 팔과 다리, 그리고 목을 사정없이 베어버리는 베이스퍼의 모습은 양떼 속에 호랑이 한 마리가 뛰어들어 학살을 하는 장면을 보는 듯했다.

"나도 질 수는 없지."

알렉산드로도 여기서 밀리면 왠지 쪽팔릴 것 같다는 생각에 활성화시킨 마나를 최대한 이끌어냈다. 남은 해적선에 뛰어들기 위해 탐험정에 있는 닻을 던지려고 하는데,

"저건 뭐지?"

　무언가 시커먼 것이 알렉산드로가 뛰어들려고 노리고 있던 해적선 위에 나타난 게 아닌가? 그 검은 그림자가 점점 더 커졌다.

　하나의 점으로 보이던 것이 잠깐 사이에 금방 사람의 형체를 하고 있다는 것을 알아볼 수 있을 만큼 가까워졌을 때, 알렉산드로는 힘차게 돌리고 있던 탐험정의 닻을 그냥 내려놓았다.

　"…내가 나설 필요도 없구만."

　그렇다. 남은 해적선 위에 모습을 드러낸 건 바로 현중이었다.

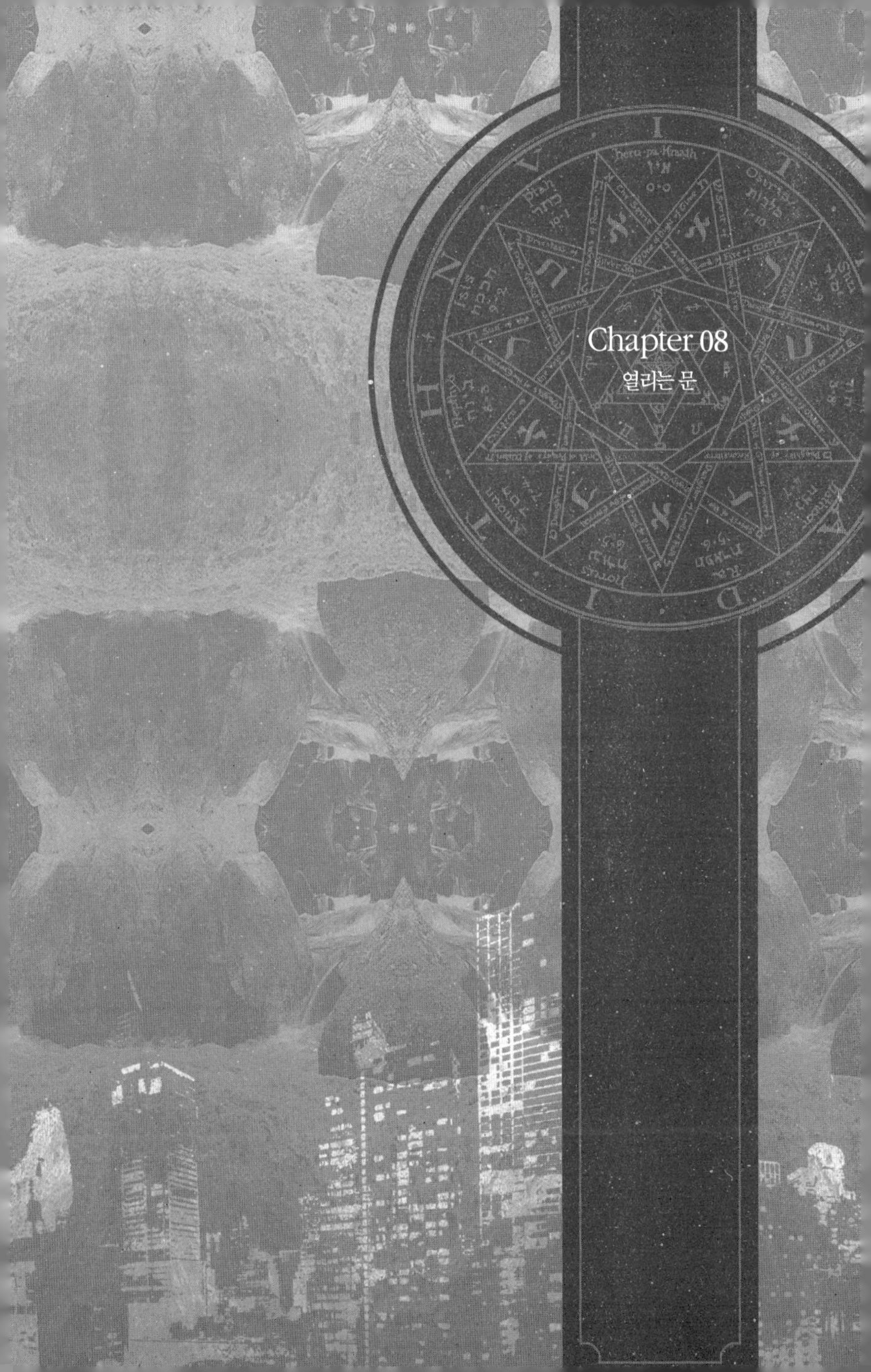

Chapter 08
열리는 문

한눈에 현중을 알아본 알렉산드로는 시원하게 포기해 버렸다. 현중이 나타난 이상 저 해적들은 곧 끝장날 테니 더 이상 신경을 끄기로 한 것이다.

쾅!!

현중이 해적선에 내려앉았다고 생각되었을 즈음 엄청난 소리와 함께 커다란 물보라가 피어오르면서 해적선은 그대로 두 동강이 나버렸다.

마치 영화 타이타닉에서 배가 침몰하는 것처럼 가라앉기 시작한 해적선은 삽시간에 물속으로 사라져 버렸다.

"괴물······."

알렉산드로는 현중의 그런 능력에 생각하기를 포기해 버렸다.

상식적으로 저게 가능하다는 것조차 그냥 그러려니 하기로 했다.

그런데 알렉산드로만 그런 게 아니었다. 베이스퍼도 완전히 물속에 가라앉아 버린 해적선이 있던 수면에 양발을 디디고 서 있는 현중을 보고는 그냥 멋쩍게 웃고 말았다.

"···저걸 누가 이겨."

가장 화려하고 멋지고 화끈하게 등장한 현중이었다.

약간 늦긴 했지만 현중이 나타남으로 인해서 구원을 받은 마리아 일행은 곧장 해적선에서 엔진을 뜯어내더니 탐험정에 다시 달고 탐험선으로의 복귀를 서둘렀다.

"설마··· 그 정도예요?"

마리아는 현중에게 탐험선의 사정을 듣고는 걱정하는 표정이 역력했다. 이곳은 엄연히 미국 영역이기에 미국에서 딴지를 걸고 넘어질 수도 있기 때문이다.

물론 탐험선을 가지고 와서 크게 걸 수 있는 건 없지만 그래도 코에 걸면 코걸이, 귀에 걸면 귀걸이라고 하지 않던가?

꼬투리 잡으려고 하면 얼마든지 잡을 수 있는 상황이다.

거의 한 시간 걸려서 다시 탐험선에 복귀한 마리아 일행과 현중은 그나마 빠르게 외벽 수리가 되어가는 모습을 볼 수 있었다.

"서둘러요. 미 국방성의 레이더에 이미 걸렸을지도 몰라요."

곧장 탐험선에 오른 마리아는 선장에게 말해 탐험선의 위치를 옮기도록 했다.

원래 이곳은 목적지일 뿐이지 아틀란티스로 들어가는 입구가 있는 곳은 아니었다.

쿠릉!!

탐험선의 엔진이 거칠게 돌아가고 안정적으로 운행되는 것을 보고 한시름 놓은 마리아였다. 최소한 운항하는 데는 문제가 없어 보였으니 말이다.

그렇게 마리아는 자신의 허리에 있는 GPS를 유심히 보면서 메로우가 보내는 위성 신호를 따라 계속 배를 이리로 갔다 저리 갔다 하면서 지그재그로 움직였다.

그렇게 한 시간가량 움직이던 탐험선은 마리아의 약속된 신호에 멈춰 섰다.

"여기예요!"

버뮤다 섬에서도 남쪽으로 25㎞ 정도 더 떨어져 있는 해역이다.

이곳은 트라이앵글(버뮤다 삼각지대) 중에서도 가장 사고가 많이 일어나고 실종 및 배들이 가라앉는 사고가 많은 지점이기도 했다.

버뮤다 삼각지대에는 유독 사고가 많이 일어나는 장소가 몇 군데 있다. 현재 탐험선이 서 있는 곳은 '배들의 요람'이라고 불리는 곳으로 1년에 평균 1~3척 정도 끊임없이 배가 사라지는 곳으로 유명했다.

"모든 선원과 선장님은 선실 가장 깊숙한 곳으로 피하세요. 이제부터는 제가 관리합니다."

처음에 약속한 대로 마리아는 명령했다. 안전선실은 침몰 사고가 일어나도 최대한 안정성이 보장되도록 조치되어 있었다. 생존에 필요한 여러 가지 장비가 갖추어진 그곳에 일반인인 선장과 선원들을 들여보내고 문을 잠갔다.

"이제 시작이에요."

탐험선의 운항은 마리아와 다섯 명의 용병이 맡기로 했고 데이비드는 꼽사리 껴서 선장실에서 서성거리고 있었다. 끝까지 안전선실에 들어가라는 마리아의 말을 거부하는 통에 결국 맘대로 하라고 놔둬 버린 것이다.

"우린 저쪽이겠지?"

베이스퍼가 현중과 알렉산드로를 보면서 가장 배의 앞, 선미 끝을 가리켰다. 다들 고개를 끄덕이고 곧장 선미 끝으로 갔다.

[준비됐나요?]

메로우도 이미 준비가 끝났는지 손을 흔들어 보였다.

[시작하세요.]

현중이 전음으로 메로우에게 말하자 메로우는 눈을 감고 노래를 부르기 시작했다.

전에 한국에서 잠깐 바다를 정화시킬 때 불렀던 것과 비슷한 느낌이 드는 노래인데 맑은 음악 속에 흔들리는 수많은 마나의 흔들림이 현중에게는 보였다.

마법과 같이 마나를 인위적으로 묶어서 흔드는 게 아니라 마치 메로우의 노랫소리에 마나들이 반응하여 춤을 추듯 메로우 주변으로 모여드는 모습이었다.

'…조율자는… 다른 건가.'

메로우의 노래와 함께 춤추는 마나를 지켜보던 현중은 점점 더 마나의 움직임이 커지는 것을 보았다.

약간의 진동과 같던 마나의 흔들림이 점점 더 커지더니 지금은 바다를 흔들고 하늘을 흔들었다. 당연히 탐험선까지 흔들거려 보통 사람은 무언가 잡지 않으면 서 있지도 못할 만큼 엄청난 진동이 퍼져 나오기 시작했다.

그와 동시에 메로우의 몸이 바닷속에서 천천히 떠오르기 시작했다.

‘…….’

하늘로 떠오른 메로우의 몸이 환하게 빛을 발했다.

직후 현중이 순간이동 마법진을 펼쳤을 때와 비슷하게 메로우의 몸에서 커다란 구멍이 튀어나왔다.

검고 너무나 검어서 칠흑보다 검은 어둠뿐인 구멍이 말이다.

“…저게… 포탈…….”

베이스퍼도 메로우의 몸에서 튀어 나온 커다란 검은 구멍에 본능적으로 주춤거렸다. 현중의 푸른 마법진의 따스한 느낌과는 질적으로 달랐다.

하지만 현중은 메로우가 만든 구멍을 보고는 입가에 살며시 미소를 지었다.

“…차원의 문이군. 설마 메로우의 몸을 매개체로 차원의 문을 열 수 있게 했단 말인가.”

그냥 어딘가 비밀 문이 있을 것으로 예상했던 현중은 뜻밖에도 차원의 문을 대면하게 된 것이다.

부르릉!!

메로우의 몸에서 차원의 문이 완전히 열리자 마리아는 곧바로 탐험선을 움직였다. 언제까지 열릴지 모르고 언제 닫힐지 모르니 열리자마자 곧바로 뛰어들 생각인 것이다.

좌아악!! 좌아악!!

바닷물을 헤치면서 앞으로 나아간 탐험선이 허공에 떠 있는 메로우에 가까이 갔을 때 현중이 손을 뻗어 메로우를 안아 들었다.

'이제 문을 열었으니 상관없겠지.'

이미 차원의 문을 여러 번 경험한 현중은 더 이상 메로우의 역할이 없다는 것을 알고 있었다. 그는 자연스럽게 메로우를 안아 들었고, 그사이 탐험선은 차원의 문으로 들어가고 있었다.

스르륵.

탐험선은 마치 마술을 부린 듯 구멍 속으로 들어간 부분부터 세상에서 사라져 가고 있었다.

불과 몇 초 사이에 커다란 탐험선이 완전히 차원의 문 속으로 들어가기 전, 탐험선에서 무언가 떨어져 나갔다.

털컹!!

풍덩!!

탐험선 선원이 모여 있는 안전선실이 통째로 탐험선에서 떨어져 나가 버린 것이다.

안전선실 자체가 비상 탈출용의 용도도 겸하고 있다. 마리아는 차원의 문으로 거의 들어갔을 때 불현듯 이상한 느낌이 들어 안전선실을 분리해 버렸다.

안전선실이 완전히 분리되어 바닷물에 떠있을 때 탐험선

은 완전히 차원의 문 속으로 사라져 버렸다.

찌, 쩌적, 트트특!

탐험선이 완전히 사라지자 허공에 생겨난 검은 구멍, 차원의 문은 스스로 균열을 만들더니 바람에 흩날리듯 사라져 버렸다.

마치 처음부터 그런 것이 있지도 않았다는 듯 말이다.

＊　　　＊　　　＊

"이곳이… 아틀란티스 대륙이 잠든 곳?"

검은 통로를 지나 다시 환한 빛이 나타났다. 갑자기 어두운 곳에서 밝은 빛을 본 뒤라 잠시 눈을 감고 있던 마리아가 눈을 떴을 때 보인 것은 오직 하나였다.

넓은 바다.

푸른 물이 넘실대는 바다뿐이었다.

틱틱!

마리아는 곧장 자신의 허리에 있는 초고성능 GPS 수신기를 작동시켜 봤다.

띠~

오작동을 알리는 부저음이 들렸다.

틱틱!! 틱틱!!

몇 번이고 마리아가 GPS 수신기를 작동시켜 봤지만 결과
는 오직 하나, 신호를 찾을 수 없다는 알림과 함께 오작동 부
저음만 울릴 뿐이었다.

거기다 이상한 것이 더 있었다.

"보스!"

"왜 그러죠?"

"이것 좀 봐요."

배에는 필수적으로 달려 있는 항법 장치와 초정밀 나침판
이 무슨 팽이라도 되는 듯 끝없이 회전을 하고 있는 것이다.

지구의 자기장의 영향으로 무조건 남쪽과 북쪽을 가리키
게 되어 있는 나침판이 미친 듯 돌고 있었다.

그뿐인가? 항법 장치는 아예 제멋대로 움직이고 있었다.

배 안에서는 이렇게 당황스러운 상황에 잠시 정신없는 중
이지만 밖에 있던 현중과 베이스퍼, 그리고 알렉산드로는 고
개만 갸웃거렸다.

"도착한 거 맞겠죠?"

"아마… 그렇겠지."

베이스퍼도 확신이 서지 않는 듯 말꼬리를 늘리긴 했지만
알렉산드로와 달리 이상하다는 것을 느끼고 있었다.

'무겁다. 몸이 무거워.'

베이스퍼는 차원의 문을 통과해서 모습을 드러냈을 때 가

장 먼저 몸이 매우 무겁다는 것을 느꼈다. 마치 어깨에 커다란 쇳덩이를 짊어지고 있는 것 같은 무게감에 은근히 마나를 활성화시켜서 무게감을 이겨내고 있었다.

그런데 알렉산드로는 전혀 그런 걸 느끼지 못하는 듯 주위를 두리번거리고 있는 것이다.

‘모르는 건가? 아니면 나만?’

베이스퍼는 이 무게감을 혹시나 자신만 느끼는 것인지 궁금해서 현중을 바라보았다. 그는 환하게 웃고 있었다.

“현중 군.”

“네.”

“왜 웃고 있는 겐가?”

“그냥 익숙한 느낌이 반가워서요.”

현중은 차원의 문을 통과해서 나왔을 때 단번에 대륙을 떠올렸다. 진한 농도의 마나, 숨이 막힐 듯 가득한 자연의 향기가 현중의 코와 몸을 자극하고 있었기 때문이다.

순간 현중은 마치 고향에 돌아온 것 같은 착각이 들었다.

“현중 군.”

“네.”

“이곳을 아는가?”

“아니요. 처음입니다. 그리고 어딘지 모르는 곳이고요.”

“그런데 왜?”

“그냥 익숙한 느낌이 드는 곳이거든요. 혹시 무거운 느낌이 들지 않으세요?”

현중은 베이스퍼를 보면서 이미 베이스퍼가 무엇 때문에 당황하는지 알고 있는 듯 질문을 던졌다.

“그렇다네. 마치 무언가 어깨를 짓누르는 듯한 느낌이야.”

“그냥 받아들이세요.”

“응?”

“후하!”

깊게 숨을 들이마신 현중은 천천히 앞으로 걸어가 선미 끝부분에 아슬아슬하게 섰다. 거기서 몸을 돌려 베이스퍼를 바라봤다.

“모든 게 순리대로 흘러가는 겁니다. 처음이고 모르는 것이라고 해서 무조건 맞서다 보면 결국 남는 건 후회와 상처뿐이거든요.”

“……”

베이스퍼는 현중이 말하는 게 무슨 뜻인지 모르지만 대충 지금 자신을 내리누르는 무게감에 대항하지 말라고 하는 것 정도는 이해할 수 있었다. 그는 잠시 고민하다가 결국 활성화시킨 마나를 풀어버렸다.

욱신~

베이스퍼가 마나 활성화를 풀어버리자 곧바로 어깨를 누

르는 무게감이 온몸을 조여 오는 것처럼 바뀌었다.

'잘하는 짓인지 모르겠군.'

베이스퍼는 현중의 말을 따라 우선 거스르지 않고 받아들이는 것을 온몸으로 실현하는 중이었다.

그러다 문득 손끝과 발끝에서부터 무언가 자신의 몸속으로 흘러들어 오는 느낌을 받았다.

'이건……?'

씨익~

현중은 지금 베이스퍼의 농도가 진한 마나가 베이스퍼의 몸속에 있는 마나와 교류를 위해 그의 몸을 휘감고 있는 것이 선명하게 보였다.

마나의 농도가 진해서 그런지 지구에서 보는 푸른빛의 밝은 색이 아니라 약간은 진했다. 하지만 단순히 진한 것이 아닌 맑고 투명한 색이 마나의 특징을 고스란히 보여주고 있었다.

"받아들이세요."

현중이 나직이 중얼거리자 베이스퍼는 마나의 방어벽을 풀어버렸다. 곧 대기의 농도 진한 마나가 베이스퍼의 온몸을 휘감으며 틈새를 찾아다니는 뱀처럼 곳곳을 탐색하기 시작했다.

그러다 베이스퍼의 손끝과 발끝에 빈틈이 있는 것을 발견

했는지 베이스퍼의 몸속으로 침투하기 시작했다.

그런데 특이하게 알렉산드로에게는 이곳 대기의 진한 마나가 전혀 관심을 보이고 있지 않았다. 그 모습에 현중도 살짝 고개를 갸웃거렸지만 현재로써는 베이스퍼만 관심을 보이는 마나의 모습에 집중할 뿐이었다.

"후… 하… 후… 하……!"

베이스퍼의 호흡이 길어지면서 조금씩 안정되어 갔다. 베이스퍼의 손끝과 발끝에서 시작한 마나의 침투가 점점 더 크고 강하게 변하기 시작했다.

대기의 마나가 침투가 강하게 변할수록 베이스퍼의 호흡 또한 거칠어지면서 깊어졌다.

하지만 그것도 그리 오래가지 않았다.

"후우……!"

대략 몇 분 동안 대기의 마나 침투가 끝났다. 곧 자연스럽게 베이스퍼의 몸에서 마나가 스스로 빠져나가더니 원래대로 허공으로 흩어져 자신이 본래 흐르던 대로 흘러가기 시작했다.

"현중 군, 이건 도대체……?"

처음이다. 지금까지 이렇게 강력하게 마나가 끌어당기는 경험을 한 것은 말이다.

거기다 끌어당긴 마나의 너무나도 강하고 진한 향기에 자

첫 정신을 놓칠 뻔했던 베이스퍼는 지금도 그 순간의 아찔함을 떠올리며 이마에 땀이 살짝 맺혔다.

"공명입니다."

"공명?"

"지구의 포스와 느낌은 다르지만 이곳에 있는 포스 또한 본질에서 벗어날 수 없거든요. 그러다 보니 약한 쪽이 강한 쪽을 끌어당겨 서로 공명을 일으키는 거죠."

현중은 이미 한 번 경험해 본 듯한 익숙함이었다. 베이스퍼는 계속 묻기 시작했다.

이런 신기한 경험을 한 것도 놀랍지만 현중이 너무나 자세하게 알고 있는 것에 호기심이 일었다.

"공명이 왜 필요하지?"

"…뭐랄까. 설명하자면……."

현중은 잠시 뭔가 생각하는 듯하더니 가장 이해하기 쉬운 것을 예로 들어 말했다.

"한마디로 입장권 같은 거죠."

"입장권?"

"차원을 넘어 다른 곳으로 가게 되면 그곳에 이미 자리 잡고 있는 생명의 원천이 있게 마련입니다. 당연히 다른 곳에서 온 우리는 그 생명의 원천, 즉 포스가 조금 다르게 되죠."

"그야… 그렇겠지."

지구에서도 다른 나라 여행을 가면 가장 먼저 공기가 다르고 물이 다른 것을 느끼는데 하물며 차원을 넘었다면 오죽하겠는가.

베이스퍼는 주의 깊게 현중의 이야기를 들었다. 이미 포탈에 대해서 마리아에게 얼핏 들은 게 있기에 차원을 넘었다는 말에도 크게 놀라진 않았다.

그 옆에서 멀뚱하게 있던 알렉산드로도 현중의 이야기에 집중하기 시작했다.

"허락을 받는 과정이라고 생각하면 됩니다."

"허락이라……."

베이스퍼는 허락을 받는 과정이라는 말에 쉽게 이해를 하지 못하는 듯했다.

그러자 현중도 웃으면서,

"이곳에서 보면 저희가 이방인입니다. 허락을 받아야 하는 건 당연하죠. 하물며 생명의 원천인 포스를 사용하는 능력을 가진 베이스퍼께서는 이곳에서도 본래의 자신의 능력을 모두 발휘하고 싶으시겠죠?"

"그야 당연하지 않은가."

어떻게 이룩한 경지인데 겨우 다른 곳에 넘어왔다고 아무것도 못하는 바보가 되고 싶겠는가?

물어보나마나 한 것을 물어봤다는 듯 슬쩍 이마를 찌푸리는 베이스퍼였다.

"후후훗, 그래서 필요한 겁니다. 포스를 사용해도 좋다는 허락이 말이죠."

"아, 그래서 처음에 내가 막았을 때 그렇게 나를 옥죄어왔던 건가?"

"그냥 간단하게 다른 나라를 넘어갈 때 통관 절차를 밟아야 하는 것 정도로 생각하시면 됩니다."

사실 마나의 동기화라거나 공명으로 마나의 질이 조금 더 높아진다거나 하는 복잡한 이야기가 있다. 하지만 지금 그 모든 걸 설명해 봐야 베이스퍼가 쉽게 이해할 리가 없기에 내버려 두었다.

어차피 곧 공명이 완전히 완료되면 알고 싶지 않아도 몸이 먼저 느끼게 될 테니 말이다.

그런데 모든 이야기를 듣던 알렉산드로가 슬쩍 끼어들면서;

"현중님."

"네."

굳이 현중은 알렉산드로의 호칭을 고치지 않았다. 뭐 대륙에서 지겹도록 듣던 호칭이니 어떤 면에서는 익숙하기도 했다.

"저는 왜 그게 없는 거죠?"

알렉산드로도 베이스퍼가 뭔가 이상한 행동을 한 것을 옆에서 봤으니 대충 뭔가 눈치는 채고 있었다.

"그게… 저도 잘 모르겠군요."

현중도 알렉산드로만큼은 왜 이곳의 마나들이 반응을 보이지 않는지 아직 구체적으로 아는 게 없었다. 다만 짐작하건대 마나석 때문일지도 모른다고 유추할 뿐이었다.

그렇게 이야기하는 와중에 갑자기 날카로운 비명 소리가 모두의 귓가를 때렸다.

"꺄악!!"

마리아가 상황을 좀 더 정확하게 알기 위해 밖으로 나왔다가 베이스퍼와 같이 온몸을 내리누르는 무게감에 본능적으로 마나를 활성화해서 방어했던 것이다.

하지만 오히려 그럴수록 마나의 무게는 더욱 무거워지는 법이다. 그 누구도 마나의 공명을 하지 않는 한 이곳에서 걷는 것조차 쉽게 할 수 없었다.

그건 차원을 넘어서 꼭 거쳐야 하는 하나의 통관 절차이기도 했다. 알렉산드로만 빼고 말이다, 현재는.

"크윽, 이건……."

"뭐… 지?"

마리아를 뒤따라 나왔던 용병 다섯 명도 상황은 비슷했다. 그중에 가장 막내인 벨은 아예 바닥에 납작 엎드려서 일어서

질 못하고 있었다.

이마는 물론이고 온몸이 땀으로 흠뻑 젖을 만큼 마나의 무게를 몸으로 실감하고 있는데 심하게 당황하고 있는 중이었다.

"내 꼴 난 녀석들이 또 있군."

베이스퍼는 그런 모습을 보고는 슬쩍 웃으면서 현중이 해준 말을 그대로 해주었다. 그 말대로 어느 정도 제어를 하자 몇 분 뒤 곧 자리를 털고 일어난 마리아와 용병 다섯 명을 볼 수 있었다. 용병들도 살아 있는 인간이니 약간의 마나를 가지고 있게 마련이다. 당연히 마나의 공명을 경험하게 되지만 마나를 다루는 능력이 없다 보니 오히려 더 괴로워하는 듯했다.

그리고 잠시 동안 여러 가지 이야기를 해본 결과 이곳은 지구가 아닐지도 모른다는 결론을 내렸다. 현재 지구에서 위성으로 찾지 못할 곳이 없었다. 그만큼 지구의 하늘을 위성이 거의 지배했다고 해도 과언이 아닌데 초고성능 GPS가 그 어떤 위성의 신호도 잡아내지 못하고 있는 것이다.

"그럼 우선 이곳에 익숙한 것처럼 보이는 사람의 말을 들어볼게요."

마리아는 서슴없이 현중에게 조언을 구했다. 현재 이곳에 있는 사람은 모두 메로우까지 해서 열한 명이다. 그중에 데이비드는 차원의 문을 통과할 때 충격을 받았는지 바닥에 기절해서 깨어나지 않고 있었다.

메로우도 차원의 문을 여는 데 많은 힘을 소모했는지 아직 깨어나지 못하고 있으니 현재 멀쩡한 사람은 용병 다섯 명을 포함해 아홉 명인 셈이다.

"현재 저도 이곳이 어딘지 모릅니다. 아시다시피 메로우가 깨어나기 전까지는 그 어떤 행동도 하지 마세요."

"네. 이미 그렇게 조취를 취해놓았어요."

자칫 메로우가 깨어나기 전에 다른 곳으로 이동했다 이곳으로 다시 돌아오지 못하는 경우가 생길 수도 있다. 그럼 영영 지구로 못 돌아갈 수도 있기에 조난을 당했을 때 가장 최우선으로 취해야 하는 원칙 중 하나인 그 자리에서 우선 멈춰서 상황을 살펴보는 방법을 취한 것이다.

"제가 주변을 좀 둘러보죠."

현중은 이곳에서 그나마 자기가 가장 움직일 수 있는 범위가 넓고 본래의 컨디션을 유지하고 있다는 생각에 나서기로 했다.

그리고 이곳에서 왜 대륙의 향기가 느껴졌는지, 어째서 대륙과 같은 마나의 통관 절차를 밟는 건지 궁금하기도 했다.

"…이걸 뭐라고 해야 할지… 나 참."

탐험선의 가장 높은 곳에 올라 주변을 둘러본 현중은 지금 자신의 눈으로 보고 있는 것을 믿어야 할지 말아야 할지 잠시 고민에 빠졌다.

그러다 이 사태를 상의할 수 있는 유일한 존재인 테른을 떠올렸지만, 조금 전부터 현중이 아무리 테른을 불러도 테른이 대답이 없는 것이다.

현중이 마나 영역을 최대한 넓게 퍼뜨려 봤다. 우선 이곳에 무언가 살아 있는 생명체라도 있으면 발견하기 위해서이다.

그런데 뜻밖에도 전혀 다른 결과를 알아내고야 말았다.

지금 탐험선이 있는 이 공간의 총 넓이가 겨우 반경 100km 내외라는 것이다. 현중이 퍼뜨린 마나 영역의 감각이 커다란 벽에 막혔는지 현중에게 되돌아왔고, 몇 번을 해도 그건 변함이 없었다.

마치 커다란 주머니 안에 탐험선이 들어와 있는 모습이라고나 할까? 현중도 생각지 못한 상황에 머릿속이 복잡했다.

아무리 생각해도 현중이 내린 결론은 하나뿐이었다.

"아공간인가? 설마 이 정도 넓이와 크기… 그리고 마나와 바다까지 가지고 있는데……."

상상을 초월하는 아공간의 모습에 현중은 몇 번이나 자신의 생각이 틀린 것은 아닌지 점검해 봤다. 결과는 변함없이 아공간이라는 결론뿐이었다. 거기다 이런 현중의 생각을 보조해야 할 테른이 응답을 하지 못하는 것만 봐도 거의 80%는 확실했다.

아공간도 하나의 차원 공간인 것이다.

아무리 영혼의 계약을 한 테른이라도 차원 너머에 있는 현
중의 부름을 듣지 못하는 건 당연했다. 물론 계약이 끊어지거
나 사라지는 건 아니었다. 아공간 자체가 하나의 임시 공간이
기 때문에 계약을 파기할 만한 위력은 없었다.

"통째로 아공간에 집어넣었군."

주변을 살펴보고 여러 가지 추리를 해본 결과 내린 결론은
황당하게도 어떤 존재가 가라앉고 있는 아틀란티스를 통째로
아공간에 넣어버렸다는 것이다.

물론 아틀란티스의 크기를 기록한 것을 보면 절대로 이 정
도 크기가 아니었다. 훨씬 크고 웅장한 대륙이라고 기록하고
있으니 말이다.

하지만 대륙 전체가 아니라 아틀란티스의 가장 번성했던
도시만 아공간에 집어넣어 버린다면? 충분히 가능한 일이었
다.

아틀란티스는 항구가 발달한 곳이었다. 자체적으로 뭔가
재배하거나 생산하는 구조가 아니라 중개 무역과 함께 그 시
대 가장 발달한 금속 기술을 가지고 있는 곳이었다.

그렇다면 굳이 쓸데없이 커다란 아틀란티스 대륙 전체를
아공간에 담을 필요가 없다.

그냥 가장 중심에 있고 오리하르콘을 생산했던 항구도시

만 집어넣으면 되는 것이다. 그리고 아공간의 입구를 차원의 문으로 막아버리면…….

"이러니 사람들이 아무리 찾으려고 용을 써도 찾을 수가 없었지."

온갖 추측과 가설이 난무하는 것이 바로 아틀란티스 대륙설이었다.

어떤 사람은 그냥 플라톤이 상상력을 동원하여 허구로 쓴 것이라고 치부하는가 하면, 어떤 사람은 그 시대의 가장 유명한 학자가 그런 허구를 기록할 리가 없다고 하면서 실제로 존재했던 땅이라고 주장했다.

수백 년을 사람들의 머릿속과 입을 오르내리면서 아틀란티스는 점점 하나의 전설이 되어버렸다.

현재는 가장 신비로운 이야깃거리 중 하나이기도 했다.

"그럼 결론은 하나군. 이곳 바다 밑에 아틀란티스의 가장 번성했던 항구도시이자 수도인 아틀라스가 가라앉아 있다는 말이군."

현중은 망루 위에서 슬쩍 고개를 숙여 넓게 펼쳐진 바다를 바라봤지만 뭔가 보일 리 없었다. 어림잡아도 수백 미터 바닷속에 잠들어 있을 테니 말이다.

어떻게 보면 약간 허무할 수도 있지만, 복잡하지 않는 것이 나름 마음에 드는 현중이었다.

하지만 혹시나 대륙으로 넘어온 건 아닐까 했던 기대가 뒷맛을 조금은 씁쓸하게 하기도 했다. 자신도 왜 이렇게 서운한 마음이 드는지 알 수는 없지만 지구에서 살아온 시간보다 훨씬 더 오래 대륙에서 살았으니 그냥 그런가 보다 생각하고 대수롭지 않게 넘겼다.

우선 추론이긴 하지만 이 사실을 일행에게 알려줘야 했다.

누가 뭐래도 현재 탐험대의 책임자는 마리아였으니 말이다.

Chapter 09
여기가?

"흠, 그럼 현중 씨의 생각은 이곳 전체가 아틀란티스의 수
도인 아틀라스라는 말이군요?"

현중은 자신의 생각을 그대로 일행에게 전달했다.

아공간에 대한 것은 대충 어떤 알지 못하는 공간 정도로 설
명하고 말았기에 다들 현중의 말을 액면 그대로 믿어야 할지
말아야 할지 고민하는 듯했다. 하지만 결국은 다들 고개를 끄
덕이면서 믿기로 했다.

별의별 경험을 다 했는데 알지 못하는 특정한 공간이라는
것을 믿지 못할 이유가 없기 때문이다.

“우선은 좀 쉬죠.”

마리아는 탐험 시작부터 아틀란티스 발견 시 취할 계획을 대충 세워두고 있었다. 그러나 열쇠이자 안내자 역할인 메로우가 깨어나지 않고 있는 상황에서는 섣불리 행동을 취할 수가 없었다. 그녀는 우선 휴식을 취하기로 했다.

“다들 배고프지 않아요?”

해적과 추격전을 벌이고 바로 돌아와서 차원의 문을 넘어 이곳에 왔으니, 다들 뭔가 먹은 것이 없었다. 너무나 황당하고 정신없이 상황이 돌아가다 보니 허기를 느낄 사이가 없었던 것이다.

꼬르륵.

마치 마리아의 말을 기다리기라도 한 듯 알렉산드로의 배에서 신호가 울리자 용병들도 각자 배가 고프다면서 멋쩍게 웃었다.

“자, 밥 먹고 쉬면서 머리를 좀 식히자구요. 어차피 다 먹고살자고 하는 일인데. 안 그래요?”

그 누구도 당황하거나 동요하는 사람이 없긴 했지만 마리아는 책임자라는 역할 때문인지 가장 냉정하려고 노력했다. 일부러 밝은 척하면서 모두를 이끌려고 하는 모습만 봐도 그 노력은 충분히 알 수 있었다.

“그러죠.”

현중이 그런 마리아의 생각을 읽고는 동조하듯 바로 일어
났다. 용병들도 마리아를 따라 선실로 들어갔다. 선원들이 모
두 빠져나가는 바람에 오히려 탐험선에 실은 식료품은 넘쳐
나는 상태였다.

그리고 이날 모든 사람은 마리아의 숨겨진 재능을 하나 발
견했다.

"저게… 가능하네."

"그러게. 마스터면 다 저게 되는 건가?"

용병들은 마리아가 식사 준비를 하는 모습을 보면서 놀라
고 있었고, 베이스퍼는 일부러 모른 척 고개를 돌려 버렸다.

"크크큭, 완전 걸작인데, 걸작!"

알렉산드로는 억지로 웃음을 참으려고 했지만 그게 쉽지
않은 듯 고개를 돌려 소리 없이 웃었다.

"흠……."

현중도 마리아의 요리 과정을 보고는 뭐라 쉽게 말을 꺼내
지 못했다.

"롱소드로… 야채와 고기를 썰다니……. 그것도 깔끔하
게."

그렇다. 마리아는 지금 자신의 허리에 달려 있는 롱소드를
꺼내서 식사 준비를 하고 있었다.

왜 이런 상황이 벌어졌냐 하면, 여기에도 웃지 못할 사정이

있었다.

보통 배는 화재가 일어날 수도 있는 가연성 물품이나 위험 도구들은 따로 보관하는 편이다. 특히 가스와 칼 같은 치명상을 입힐 수 있고, 폭발 위험이 높은 것은 취급 주의가 필수였다.

다행히 가스는 탐험선에 따로 장착되어 있어서 괜찮지만 칼은 선원들을 떨궈 버린 안전선실에 보관함이 있었던 것이다.

즉, 안전선실을 떨궈 버리면서 그 속에 보관되어 있는 수십 자루의 조리용 칼도 함께 사라진 것이다. 이렇다 보니 막상 고기를 썰고 야채를 다듬어야 하는데 칼이 없는 요상한 상황이 벌어졌다.

"까짓것, 어차피 칼은 칼이지."

기껏 마리아는 자신이 사람들을 데리고 들어왔는데 칼이 없어 요리를 못하는 상황에 고민에 고민을 하다 자신의 허리에 차고 있던 롱소드를 시원하게 뽑아 들었다. 그것으로 그녀는 양파와 무를 썰고 샐러리를 다듬어 샐러드를 만들었다.

그리고 고기를 두툼하게 썰어서 스테이크도 만들었다.

기사가 자신의 무기를 가지고 요리를 한다는 것은 기사 수업을 받은 사람들에게는 상상도 할 수 없는 일이다. 그렇지만 상황이 상황이다 보니 마리아는 결국 융통성을 최대한 발휘했다.

어차피 칼은 칼일 뿐, 그 이상도 그 이하도 아니라는 스스로의 최면과 같은 말을 되풀이하면서 요리를 끝마쳤고, 다들 간만에 신선한 샐러드와 두툼한 스테이크를 먹게 되었다.

"잘 먹겠습니다."

마리아의 선창이 이어지자 다들 조그마하게 따라 했지만 막상 먹으려니 스테이크를 먹을 나이프와 포크가 없었다. 그것 또한 안전선실에 보관 중이었다.

결국 용병들은 크게 한번 웃더니,

"푸하하하하! 오랜만에 정글 식으로 먹어보겠는데!"

하면서 바텐이 아직도 뜨거운 스테이크를 두툼한 손으로 덥석 집어 올리더니 입안 가득 베어 물고는 씹기 시작했다.

"오~ 괜찮은데? 부드러운 게 딱 알맞고."

바텐이 그렇게 먼저 먹자 다른 용병들이 바텐을 향해 핀잔을 주기 시작했다.

"바텐, 아무리 그래도 참… 성격 급한 거 하고는."

덥석.

핀잔을 주던 용병 그릴도 결국 스테이크를 손으로 집어 들더니 뜯어먹기 시작했다.

마리아는 자신의 롱소드로 잘라서 손으로 집어 먹었다. 차마 롱소드로 자른 스테이크를 찍어서 먹을 수는 없었다.

알렉산드로는 자신의 대검을 가스 불에 잠깐 소독하고 물에 식혀서는 스테이크를 썰어 먹었고, 베이스퍼도 알렉산드로가 줬던 대검을 이용했다.

다들 그렇게 열심히 먹고 있는데 현중은 그 모든 사람들을 멀뚱히 바라보기만 했다.

"현중 씨, 입맛에 맞지 않나요?"

마리아는 그래도 자신이 처음으로 남에게 해주는 요리인데 현중이 손도 대고 있지 않자 살짝 걱정스러운 마음에 물었다.

"아닙니다. 그보다 잠시만요."

자리에서 일어난 현중은 잠시 주방을 뒤적거리더니 꼬치구이용으로 만들어진 쇠꼬챙이 하나를 가져왔다.

뚝!

가볍게 그걸 끊어서 한 쌍을 만들더니 다시 자리로 돌아왔다.

그리고 옆의 알렉산드로에게,

"대검 다 쓰셨나요?"

"네? 아, 현중님 쓰세요. 전 이미 다 잘랐으니까요."

알렉산드로도 고기는 대검으로 잘랐지만 결국 손가락으로 스테이크를 집어 먹는 건 똑같았다.

현중은 감사히 알렉산드로의 대검을 받아 스테이크를 잘

랐다. 그리고 꼬치용 쇠꼬챙이를 끊어 한 쌍으로 만든 것으로 젓가락질 하여 먹기 시작했다.

"……."

"……."

현중의 너무나 여유로운 식사 모습에 다들 먹던 것을 멈추고 지켜보았다. 그러다 현중이 급조한 젓가락으로 샐러드를 너무나 쉽게 집어 들어 먹는 모습에 용병들은 마른침까지 꿀꺽 삼켰다.

아까부터 스테크만 먹으니 느끼한 것이 샐러드 생각이 간절했던 것이다.

그건 용병뿐만이 아니었다. 베이스퍼도 그렇고 알렉산드로도 마찬가지였다. 하다못해 마리아도 계속 샐러드에 눈길을 줬지만 도무지 스테이크처럼 손가락으로 샐러드를 집어 먹을 용기를 내지 못하고 있었다.

그러던 중에 현중이 젓가락질로 너무나 여유롭게 스테이크와 샐러드를 맛있게 먹자 자연스럽게 시선이 집중될 수밖에 없었다.

아니, 현중에게 집중된 게 아니라 현중의 손에 들린 젓가락에 집중되었다.

"나도… 해볼까?"

베이스퍼가 먼저 현중을 부러운 듯 바라보다가 일어서더

니 똑같이 꼬치용 쇠꼬챙이를 잘라서 따라 하려고 했다.

젓가락질이라는 게 결코 쉬운 게 아님을 보여주듯 스테이크조차 집어 들지 못해 흘리기 일쑤였다. 그 나이에 베이스퍼는 옷을 모두 스테이크 기름으로 범벅이 되는 창피를 당해야 했다.

그 뒤에 바텐이 벌떡 일어서더니 베이스퍼와 같이 꼬치용 쇠꼬챙이를 가지고 왔다. 하지만 젓가락으로 이용하는 게 아니라 그것으로 스테이크를 찔러서 먹기 시작했다.

그렇게 스테이크를 다 먹자 양손에 하나씩 나눠 잡은 쇠꼬챙이를 샐러드에 가져가서는 온 신경을 집중해서 하나씩 하나씩 자신의 접시로 옮겼다.

마치 무슨 명품 도자기를 만드는 장인의 눈빛과 같은 집중력이었다.

드르륵.

바텐이 그렇게 하는 모습을 보자 다른 용병들도 곧바로 따라 했다. 결국 마지막까지 버티던 알렉산드로도 바텐과 같이 샐러드를 하나하나 정성스럽게 자신의 접시로 옮겨와서 겨우 먹을 수 있었다.

하지만 체면이란 게 있어서 끝까지 혼자 조신하게 손가락으로 스테이크를 집어 먹은 마리아는 샐러드에서 고개를 돌려야 했다. 차마 현중이 보는 앞에서 용병들과 같은 방법을 쓸 용기가 없었던 것이다. 차라리 샐러드를 안 먹고 말지 그런 꼴사나운 모습을 보여주고 싶지 않았다.

"잘 먹었습니다."

역시나 능숙하게 젓가락질을 하는 현중이 가장 먼저 식사를 마치고 자리에서 일어섰다. 물론 이 순간에도 마리아를 제외한 전원이 샐러드 한 장에 모든 것을 집중하고 있는 중이었다.

자리에서 일어난 현중은 자신의 접시를 싱크대로 가져가더니 물을 틀고 뭔가 씻기 시작했다.

"현중 씨, 그건 제가……."

혹시나 현중이 자신이 먹은 접시를 설거지하는 줄 알고 마리아가 급히 말렸지만 현중은 금방 물을 잠그더니 가스 불에 자신이 사용한 쇠젓가락을 소독하기 시작했다. 그리고 다시 물에 잠시 헹구기를 몇 번 하고 나서 마리아 곁으로 다가와서는,

"조금 도와드리죠, 레이디."

"…그게……."

막상 현중이 이렇게 다가와서 도와준다고 하자 마리아는 거절하지도 못하고 그렇다고 승낙하지도 못해 곤란하여 말을 얼버무렸다. 그 사이 현중은 샐러드 통을 마리아 앞으로 끌어당겨 적당히 먹을 만큼 샐러드를 마리아의 접시에 옮겨주었

다. 그리고 젓가락까지 마리아에게 넘겨주었다.

"젓가락 끝을 연결했으니 젓가락질하기가 쉬울 겁니다. 한 번 해보세요. 두뇌 발달에도 좋으니까."

그렇게 자신의 젓가락을 개조까지 해서 마리아에게 넘긴 현중은 조용히 밖으로 나갔다.

잠시 마리아의 젓가락을 지켜보던 사람들은 마리아가 과연 젓가락질을 하는지 관심을 가지고 지켜보기 시작했다.

달그락.

몇 번은 잡는 자세가 어색해서 떨어뜨릴 뻔도 했지만 곧 운동신경이 있는지 현중이 하던 젓가락질과 비슷하게 자세를 잡고서 움직여 보았다.

"……!!"

쉬웠다.

베이스퍼가 하던 꼴사나운 젓가락질이 아니라 힘이 들어가진 않지만 샐러드 정도는 충분히 집어 먹을 수 있을 만큼 젓가락질이 쉽게 된 것이다.

"저거다!"

마리아가 완벽하진 않지만 불편하지 않을 만큼 젓가락질을 하는 모습을 보고는 바텐이 즉시 자신의 쇠꼬챙이도 똑같이 연결해 마리아를 따라 젓가락질을 시작하기 시작했다.

그렇게 탐험선에는 때 아닌 젓가락질 열풍이 불었다.

언제까지 이곳에서 머물지 모르는 상황에 사람인 이상 먹고는 살아야 한다.

요리야 어떻게 롱소드로 한다고 해도 먹는 것만큼은 계속해서 손으로 집어먹을 수는 없는 법 아니겠는가?

아예 방법이 없다면 모를까, 젓가락질만 어느 정도 할 줄 알면 고기는 물론 샐러드도 충분히 깨끗하게 먹을 수 있고 남들 보기에도 흉하지 않으니 당연히 젓가락질 배우기에 열을 올릴 수밖에 없었다.

달그락달그락.

처음에는 좀 더 사람답게 음식을 먹기 위해 시작한 젓가락질 연습은 나중에는 현중이 만든 것과 똑같은 젓가락을 만들어야 한다는 생각으로 퍼져서 주방에는 때 아닌 젓가락 공예 쇼까지 벌어지기도 했다.

물론 현중은 그런 일이 벌어지든 말든 상관하지 않았다.

어차피 이곳에서 젓가락질을 할 줄 아는 건 오직 현중 혼자였으니 그들은 전혀 생각지도 못한 방법인 셈이다.

"아, 이곳도 날씨는 좋네."

현중은 선미 끝에 앉아서 소화도 시킬 겸 잠시 하늘을 바라보고 있는데 너무나도 리얼하게 진짜 하늘과 똑같은 모습에 감탄했다.

"아공간도 이 정도로 만들 수 있다면 나름 괜찮은 것 같은

데 말이야.”

　세상에서 가장 안전한, 그 누구도 찾을 수 없는 집을 만들 수 있겠다는 엉뚱한 생각을 한 현중이었다.

　웃샤!!

　기지개를 한껏 펴기 위해 온몸을 길게 늘이던 현중은 순간,

　“……!!”

　벌떡!!

　자리에서 튕기듯 일어나더니 주변을 살폈다.

　눈동자에는 긴장감이 서려 있었다. 저절로 현중은 마나를 활성화시킨 상태였다.

　“…모습을 드러내시죠.”

　털썩털썩.

　현중이 조용하게 한마디 했다. 그러자 현중의 바로 맞은편에 푸른색 피부를 가진 남자와 그와 같이 있던 남자가 나타났다. 그들은 기절한 듯 바닥에 그대로 몸을 늘어뜨렸다.

　하지만 현중은 쓰러진 그 둘보다 갑자기 나타난 한 명의 여자에게 시선이 꽂혀 있었다.

　“…나의 의지를 이은 녀석이 바로 너였구나.”

　맑고 청초한 목소리와 허리까지 내려오는 긴 생머리, 그에 어울리는 맑은 눈망울, 오뚝한 콧날과 함께 작은 입술은 길거

리에서 봐도 거절로 고개가 돌아갈 정도로 미인이었다.

그런데 현중은 그 여자가 한 말이 이상하게 신경에 거슬렸다.

"의지라니… 무슨 말인지 모르겠군요. 그리고 전 당신을 모릅니다."

상대는 마치 알고 있는 듯 말하는데 현중은 저 정도의 미인을 처음 봤기에 되물었다. 현중이 아무리 여자에게 관심이 없어도 결코 쉽게 잊힐 만한 얼굴이 아닌 것이다. 마리아도 지금 현중의 눈앞에 있는 여인에 비한다면 태양 앞의 형광등 수준이다.

"나를 찾아다니지 않았느냐?"

"찾다니… 그게 무슨 말이죠?"

현중은 생판 처음 보는 여자를 찾아다닌 적이 없다. 아니, 그럴 이유도 없었다.

"귀엽군. 후후훗."

현중을 마치 어린아이 보듯 말하는 말투와 행동이 거부감이 들어야 하는데 현중은 이상하게 그런 느낌이 전혀 들지 않았다. 오히려 자연스럽게 자신이 받아들이고 있다는 것에 스스로가 놀라고 있었다.

"치우……."

"……!!"

여인의 한마디 단어에 현중은 잠깐 눈동자가 흔들렸다. 두 눈이 찢어질 만큼 놀랐다.

"설마… 당신이… 치우천왕?"

"그래, 내가 바로 치우천왕이란다, 나의 의지를 이은 아이야."

"……."

치우천왕이라고 했다.

그런데 여자였다. 그것도 절세의 미녀였다.

아니, 그 이전에, 여자라는 것에 현중은 마치 커다란 쇠망치로 뒤통수를 강하게 맞은 듯한 충격을 느꼈다. 그는 잠시 멍하니 치우천왕을 바라보고만 있었다.

"왜 그러느냐? 내가 반갑지 않느냐?"

치우천왕은 그토록 찾아 헤매던 자신이 일부러 모습을 드러내 줬는데 멍하니 바라만 보고 있는 현중이 이해가 가지 않았다.

"…치우천왕은… 남자가… 아니었습니까?"

"남자? 아……."

현중의 말을 들은 치우천왕은 어째서 현중이 저렇게 놀라고 당황하는지 알아채고는 큰 소리로 꺄르르 웃었다.

"누가 그렇게 말하더냐, 아이야?"

치우천왕은 오히려 현중에게 되물었다.

아니, 모든 것을 떠나 되묻지 않아도 치우천왕 하면 용맹한 전투의 신으로 받들어지는 사람이 아닌가?

그리고 전투의 신에 오른 것을 인정받아 차원자로까지 발탁이 된 인물이다.

그런데 그 치우천왕이 여자였던 것이다.

"그게… 역사에도… 기록에도……."

현중답지 않게 말까지 더듬거리면서 당황했다.

그러자 치우천왕은 슬쩍 현중에게 다가와 뺨을 어루만지면서,

"나의 의지를 이은 아이야, 세상의 말장난에 진실을 왜곡해서 믿지 말아라. 난 처음부터 여성이었다. 그리고 지금도 여성이다."

치우천왕은 현중의 반응에 오히려 재미있어했다.

사실 치우천왕이 남자라는 확실한 기록은 없었다. 다만 뿔이 달린 무서운 투구를 쓰고 전장을 휩쓸고 다니면서 그 누구보다 강하고 우람한 근육을 뽐낸 전투의 신이라고 표현되어 있을 뿐이다.

거기다 전투에 나서면 한 번도 진 적이 없다고 했다.

그런데 그런 치우천왕이 여자라니……. 현중에게는 지구의 종말이 왔다는 말보다 더 충격적인 반전이었다.

"아이야."

“네, 치우천왕… 님.”

순간 현중은 치우천왕을 어떻게 불러야 할지 고민하다가 살짝 늦게 님이라는 글자를 붙였다. 하지만 이상하게 어색했다.

“나에게서 많은 것을 듣고 싶겠지?”

“네.”

“많은 것을 알고 싶겠지?”

“그렇습니다.”

“그리고 마지막으로 왜 내가 어둠의 차원석을 가져갔는지 이유가 궁금하지?”

“네, 치우천왕님.”

치우천왕은 마치 현중의 의문을 이미 모두 알고 있다는 듯 정확히 짚었다. 현중은 그저 ‘네’ 라는 대답을 할 수밖에 없었다.

치우천왕은 슬쩍 주변을 둘러보더니,

“이곳은 별로 좋은 곳이 아니구나. 따라오너라.”

스르륵~

그 말을 남기고 치우천왕이 사라져 버렸다. 현중은 치우천왕이 사라진 방법을 보고는 숨이 멎는 줄 알았다.

“축천법……..”

현중이 사용하는 축지법보다 한 단계 위에 있는 이동술로,

단계는 한 단계 위지만 최고의 경지에 이르는 이동술이었다.

[따라오너라. 나를 찾지 못하는 것은 아니겠지? 나의 의지를 이었다면 말이야.]

현중은 머릿속에 울리는 치우천왕의 목소리를 따라, 축천법까지는 아니지만 그래도 완전히 자신의 것이 된 축지법으로 치우천왕이 느껴지는 곳을 향해 움직였다.

스르륵~

*　　　*　　　*

타탁타탁.

작은 언덕 같은 섬에 치우천왕과 현중이 서로 마주 보고 앉아 있었다.

"아이야, 넌 대륙을 다녀왔겠지?"

"네."

"어떻더냐? 많이 변했더냐?"

치우천왕은 먼저 현중에게 대륙의 모습을 물었다.

현중은 최대한 자신이 본 것을 그대로 이야기했다.

치우천왕은 그 말을 들으면서 살며시 눈을 감고는 생각에 잠긴 듯 가끔 고개를 끄덕이거나,

"으음."

이라는 소리로 응답을 해줬다.

"…이게 제가 본 마지막 대륙의 모습입니다."

현중의 마지막 설명이 끝나자 치우천왕은 감았던 눈을 살며시 떴다. 그 커다랗고 맑은 눈동자로 현중을 바라봤다.

"변한 게 없구나, 역시나."

"그때도… 제가 있던 때와 비슷했습니까?"

"아니. 완전 똑같았어. 마족의 침임, 마지막으로 남은 모든 대륙의 존재의 보루인 성국의 설정까지 말이야. 후후훗."

"…설마……."

현중은 자신이 지금까지 경험한 대륙의 모든 상황이 치우천왕이 대륙에 왔을 때와 똑같았다는 말에 믿을 수가 없었다.

"아이야, 이름이 현중이라고 했느냐?"

"네, 김현중입니다."

치우천왕 앞에서 현중은 그저 어린애와 다를 바가 없었다. 이미 신화에 나오는 조상뻘 존재이니 어련하겠는가.

"현중 아이야."

"네."

이상하게 치우천왕은 꼭 끝에 아이라는 말을 붙였다. 크게 어색하거나 하진 않았다. 다만 지금 20대 초반으로 보이는 치우천왕의 수백 년은 살았을 법한 말투가 어울리지 않긴 했다.

하지만 막상 들어보면 묘하게 수긍이 되면서 적응하게 되는 묘한 마력을 가지고 있었다.

"카일라제 그 녀석은 여전히 팔팔하지 않더냐?"

"…얼굴에 주먹 한 방 먹이지 못하고 지구로 온 것이 아직도 한으로 남아 있습니다."

카일라제라는 이름이 나오자 현중은 미간에 주름부터 생겼다.

현중에게는 단연 듣기 싫은 이름 중 최상위에 속할 것이다.

"후후훗, 그럴 것이다. 나한테 죽지 않을 만큼 두들겨 맞았으니까."

"네에?!"

현중이 치우천왕의 말에 놀라서 되물어보자,

"왜 그리 놀라느냐? 난 마지막에 사랑스러운 손길로 가르침을 좀 준 것뿐인데 말이다. 뭐, 주신이라고 거드름 피우는 것도 보기에 역겹긴 했지만 말이다."

"…어떻게……."

현중은 아무리 용을 써도 카일라제의 손가락 하나는커녕 옷자락도 건드릴 수 없었다. 그런데 치우천왕은 카일라제를 두들겨 팼다고 말하고 있다.

이미 신의 반열에 오른 치우천왕이 거짓말을 할 리는 없다. 차라리 말을 안 하면 안 했지 입 밖으로 뱉은 말은 모두 진실만 말해야 하는 제약이 있는 것이다.

“왜 그리 놀라느냐?”

오히려 치우천왕은 카일라제를 두들겨 팼다는 말에 놀라는 현중을 이해하지 못하는 듯했다.

“그게… 전 옷자락 하나 건드려 보지 못했습니다.”

“……??”

치우천왕은 현중의 말에 입가의 미소가 지어졌다. 그녀는 현중을 똑바로 바라봤다.

그러자 현중은 마치 자신의 모든 것이 발가벗겨지는 것 같은 섬뜩한 느낌이 들었고, 곧바로 고개를 돌려 버렸다.

“천심통… 입니까?”

현중이 자주 사용하던 천심통을 치우천왕이 현중에게 사용한 것이다.

지금까지 천심통을 당해본 적이 없는 현중은 처음으로 당해본 느낌에 당황하면서도 놀랐다. 천심통은 어느 정도 능력이 되면 제약이 많은 기술이었기 때문이다.

“현중 아이야, 넌 치우천황무를 반쪽만 배웠구나.”

“네?”

느닷없는 치우천왕의 말에 현중은 무슨 말인지 이해를 못했다.

마족을 몰아내고 마왕까지 소멸시킨 자신의 치우천왕무가 반쪽짜리라니? 생각지도 못했던 말이다.

하지만 지금 그 말을 하는 사람이 치우천황무를 직접 만들어낸 조사이니 믿지 않을 수도 없었다.

"그게 무슨 말씀이십니까? 반쪽이라니… 요?"

"쯧쯧, 카일라제 그 속 좁은 것이… 장난을 부렸어."

치우천왕은 혀를 차면서 한숨을 쉬더니 현중을 보면서,

"혹시 사조성에 대해서 쓰인 책을 본 적이 없느냐?"

"…없습니다."

"역시… 그 신 같지도 않은 속 좁은 것이 빼돌렸구나."

치우천왕은 한숨을 내쉬면서 현중을 가만히 바라보더니 일어서 곁으로 다가왔다.

그리고 현중의 어깨부터 시작해 모든 골격을 부드럽고 가느다란 손으로 만져 보더니,

"그래도 반쪽이지만 치우천황무를 제대로 습득하긴 했구나."

"네."

치우천왕은 칭찬을 했지만 현중에게는 그 습득의 시간이 지옥이나 마찬가지였다. 무려 100년이었다. 그중에서 80년을 치우천황무를 배우기 위해서 투자했다. 죽을 고비를 수십 번, 아니, 수백 번 넘겼을 것이다.

그만큼 치우천황무는 어렵고 난해하기 이를 데 없는 무공이었다.

더욱이 스승도 없고 가르쳐 주거나 조언을 해줄 사람도 없었다. 현중에게 있는 것은 오직 하나, 책이 전부였다.

독학으로 무공을 익힌다? 무협지에서 보면 책만 보고 스스로 깨닫고 뭔가 뚝딱 하고 힘을 얻어서 세상을 질타한다는 내용이 대부분이지만 현중은 그런 내용의 무협지를 향해 이렇게 소리치고 싶었다.

"구라 치지 마라!!"

80년이라는 수련 시간이 모든 걸 말해줄 것이다. 잘못 익혀서 드래곤 로드인 발리스터가 가까스로 현중을 되살린 것이 수백 번이다.

한마디로 책만 보고 무공을 익히다가 주화입마는 기본이고 온몸이 뒤틀리고 숨이 꼴딱꼴딱 넘어가는 것은 기본이었다.

나중에 정말 생명의 불꽃이 꺼져 가지 않는 이상 현중의 상태를 보고도 발리스터가 별로 놀라지도 않을 정도가 되어서야 겨우 지금의 능력을 가지게 된 것이다.

한마디로 책만 가지고 무공을 익힌다는 것은 미친 짓이었다. 아니, 죽으려고 작정한 것과 다를 바 없었다. 정말 로또 1등보다 몇 배나 높은 확률로 운이 억세게 좋아도 결국은 죽을 것이 뻔한 짓이 바로 책만 보고 무공 배우기였다.

그런데 그렇게 힘들게 배운 치우천황무가 반쪽짜리라니 믿을 수가 없었다.

아니, 겨우 반쪽자리 치우천황무를 익히고 마족을 때려잡고 마왕을 소멸시켰다는 것 자체가 대단하다고 해야 할까?

그보다 치우천왕이 말한 사조성이 이상하게 뇌리에 맴돌다가 뒤늦게 기억난 현중은 다급하게 물었다.

"설마 북두칠성에 숨어 있는 별인 사조성을 말씀하시는 겁니까?"

"그렇다. 본래 치우천황무는 형을 기본으로 하는 북두와 마나를 기본으로 하는 사조성, 이렇게 두 가지 분류로 나누어 만든 것이란다."

"……."

현중은 하늘이 무너지는 기분이었다.

지금까지 세다고 똥폼 잡았던 것이 겨우 무공의 입문에 해당하는 형을 기본으로 하는 북두라는 말이었다.

"쯧쯧, 그 카일라제 녀석이 어지간히도 나한테 맞은 게 억울했나 보군. 아니면 또 다른 치우천황무를 완성한 너에게 맞을까 봐 겁나서 숨긴 건가?"

"…아마 그럴지도 모릅니다."

현중은 가장 먼저 카일라제를 처음 보고 한 것이 주먹질이었다.

물론 불발로 끝나긴 했지만 그래도 주신이라는 위치에 있는 카일라제를 향해 죽을 각오로 주먹을 휘둘렀었다. 그러니 당연히 다 줄 리가 없다.

"후후훗, 뭐, 지나간 과거는 더 이상 이야기해 봐야 소용없겠지. 그보다 현중 아이야."

"네, 말씀하십시오."

"넌 지금의 지구를 어떻게 생각하느냐?"

"네? 그게 무슨……."

"그냥 객관적으로 너에게 묻는 것이란다. 이미 인간의 수명을 훨씬 뛰어넘어 측정조차 불가능한 너라면 인간의 관점이 아닌 지구 전체를 바라보는 객관적인 시각을 가지고 있을 것 같아서 물어보는 거란다."

"……."

현중은 치우천왕의 말에 고민했다.

뭐라고 말해도 결코 좋은 쪽으로 끝날 것 같지 않다는 것이 현중의 생각인데 그렇다고 거짓말을 할 수도 없었다.

왜냐하면 상대는 바로 신이기 때문이다. 이미 천심통을 당해보지 않았던가? 거짓말 같은 것이 통할 상대가 애초에 아니었다.

"그냥 저의 개인적인 생각입니다."

“그래, 말해보아라.”

치우천왕이 편하게 앉아서 허공에 손짓을 하자 장작 몇 개가 나타나 죽어가던 모닥불을 되살렸다.

“지구를 살리기 위해서는 인간이 멸종해야 할지도 모릅니다.”

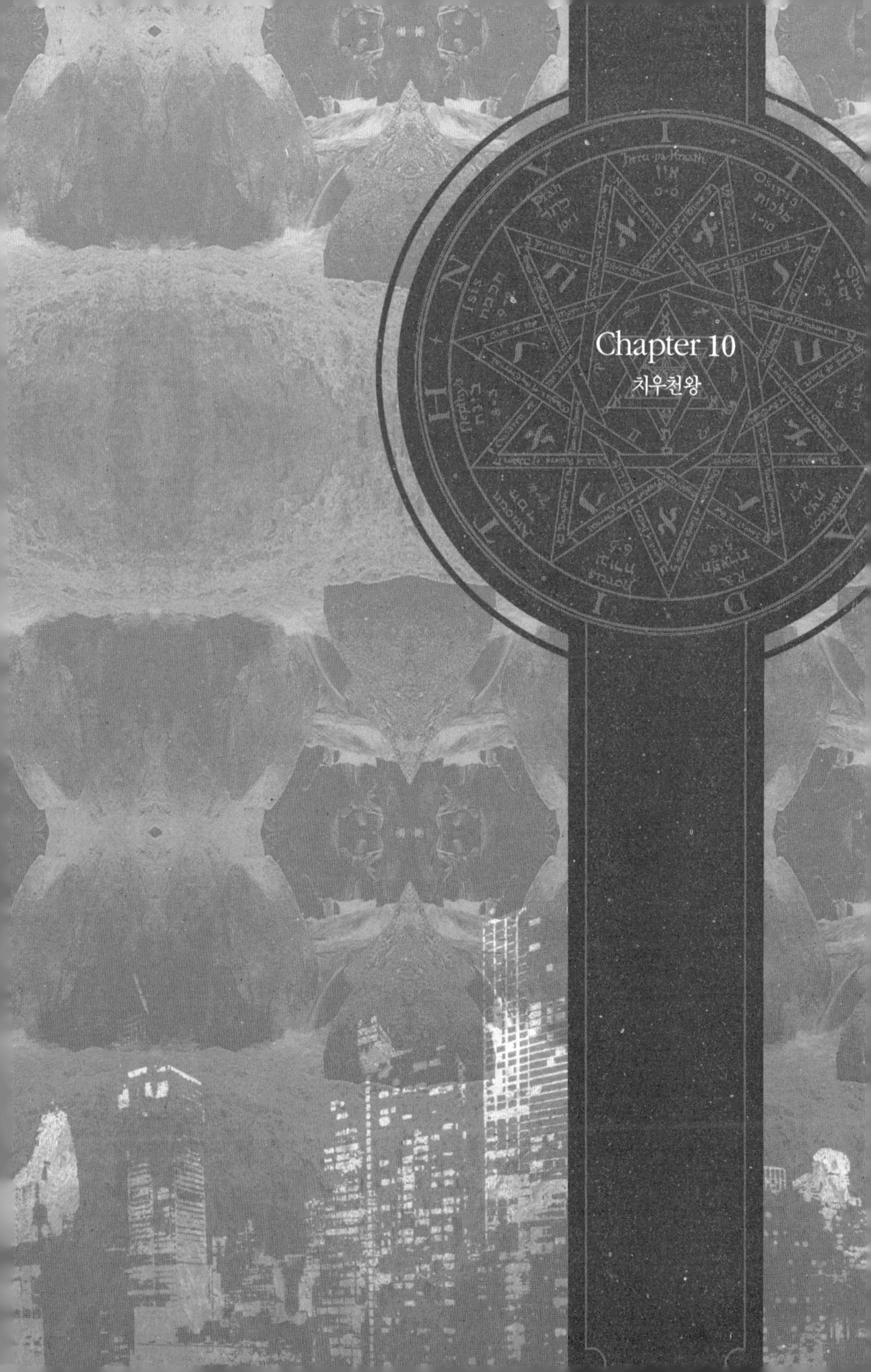

Chapter 10
치우천왕

　　너무나 극단적인 말이었다. 하지만 그만큼 인간의 관점에서 완전히 벗어난 현중의 대답인 것이다.

　　"그렇지. 하지만 지금 현재의 상황을 보면 인간이 완전히 멸종하면 그것 또한 지구의 멸망을 앞당기는 일일지도 모른단다."

　　어렵다.

　　너무 어려운 말이다. 현중은 왜 이런 것을 치우천왕이 물어보는지 알 수 없었다. 하지만 왠지 치우천왕이 가지고 있는 어둠의 차원석과 관련이 있을 것 같은 느낌이 들었다.

"너무 한쪽만 진화한 결과가 지금의 지구라고 생각합니다."

치우천왕은 현중의 말을 듣더니 조용히,

"인간이 말이지?"

"네."

"그래, 너도 같은 생각이구나."

조용히 현중의 생각을 들은 치우천왕은 무언가 생각하듯 혼자 몇 마디 읊조리기 시작했다. 그리고 곧 하늘을 바라보더니,

"사실 지구를 살리기 위해 이미 한 번 난 인간에게 벌을 내린 적이 있단다."

"……."

"지금 이것이 바로 그 흔적이지. 나의 성급함이 불러온 흔적 말이지."

"설……."

말을 하다가 현중은 입을 다물어 버렸다.

그런데 치우천왕은 웃으면서,

"괜찮다, 현중 아이야. 이미 나도 스스로 느끼고 있으니 말이다. 아틀란티스의 인간들은 너무 발전을 했어. 지금의 인간들처럼 말야. 결국에는 자신들만의 신을 만들어 동상을 세우고 그 동상을 꾸미기 위해 결코 해서는 안 될 짓까지 했지. 그

모습에 난 너무나 화가 나서 지구에서 지워 버렸단다. 영원히 말이야.”

“……”

“우습지 않느냐? 신이 실수를 하고 후회를 하다니…….”

현중은 뭐라고 말하고 싶었지만 차마 자신의 입에서 꺼낼 수가 없었다. 자신은 그렇게 말할 자격이 아직 없기 때문이다. 상대는 신이고 현중은 아직 인간이기에 치우천왕과 현중 사이에 있는 존재의 크기는 엄청난 차이가 있었다.

“난 신이되 신으로 남고 싶지 않았다. 그래서 차원자의 권유를 받아들였지. 나에게는 신이라는 자리가 어울리지 않았거든. 하지만 결국에 난 다시 지구를 떠나지 못하는구나.”

뭔가 현중은 치우천왕에게서 깊은 슬픔을 느꼈다.

치유할 수 없는 커다랗고 깊은 상처를 안고 살아가는 존재의 슬픔을 말이다.

“현중 아이야.”

“네.”

“조만간에 때가 올 것이다.”

“때라니… 그게 무슨 말씀이십니까?”

“이곳을 노리는 녀석이 올 것이다. 그리고 너도 잘 알고 있는 녀석이니라.”

“…누구를……?”

현중은 치우천왕이 무슨 말을 하는지 도통 이해가 가지 않았다. 하지만 아주 조용하지만 현중의 귀에 선명하게 들리는 단 한 마디의 이름이 있었다.

"카일라제."

"……!"

"그 녀석이 지금 지구를 가지고 싶어한단다. 내가 지구를 떠나지 못하는 이유도 바로 그 때문이고."

"…왜… 대륙을 마음대로 주무르는 카일라제가 뭐가 아쉬워서 지구를 노린단 말입니까?"

현중은 카일라제의 말을 이해할 수가 없었다.

멀쩡히 좋은 집 놔두고 굳이 거칠고 허름한 집을 선택하려는 카일라제의 의도를 말이다.

대륙의 인간들과 모든 존재는 카일라제의 말이라면 목숨처럼 믿는다.

하지만 지구는? 신의 말씀이라고 아무리 떠들어봐야 믿는 사람은 전체 인구의 반도 안 될 것이다. 그중에서도 독실하게 대륙에서처럼 자신의 목숨을 걸고 신을 믿는 녀석들은 아마 10%도 안 될 것이다. 60억을 넘어 70억을 향해가는 지구의 모든 인구를 통틀어서 말이다.

즉, 지금 카일라제가 와봐야 좋은 꼴 못 본다는 이야기다.

아무리 카일라제가 신이고 주신의 능력을 가졌다지만 인

간들이 믿지 않으면 그 힘은 약해질 수밖에 없다.

과학이 발전하고 눈으로 보이는 것을 믿는 것이 상식이 되어버린 현재 지구에서 대륙과 같은 믿음을 기대한다는 건 어림도 없었다. 어쩌면 신과 싸우겠다고 총을 드는 녀석들이 있을지도 몰랐다. 아니, 분명히 있을 것이다.

"후훗, 그거야 나도 모르겠구나. 오히려 나중에 아이야, 네가 만나거든 한번 물어보아라. 어째서 지구가 그렇게 탐이 나는지 말이다."

카일라제가 지구를 노리는 이유를 치우천왕도 모르고 있는 듯했다. 하지만 홀로 카일라제를 막고 있었다는 것만은 알 수 있었다.

그녀의 눈동자에서 너무나도 깊은 슬픔과 치유할 수 없는 후회의 아픔이 현중에게도 느껴지기 때문이다.

"현중 아이야."

"네."

"카일라제의 면상을 한 방 시원하게 쳐버리고 싶다고 했느냐?"

치우천왕이 조금 전 현중이 했던 말을 다시 하자 현중은 고개를 끄덕였다. 그런 모습에 카일라제는 웃으면서,

"사조성을 배워라. 그럼 카일라제에게 원하는 만큼 사랑의

가르침을 줄 수가 있느니라.”

　당연히 현중록은 치우천황무의 나머지 반쪽이라는 사조성을 배우고 싶었다. 하지만 어디서 배운단 말인가? 책은 카일라제가 감춰 버린 것이 확실한 상황에서 유일한 방법은 치우천왕이 직접 현중에게 가르쳐 주는 것뿐이다.

　“혹시 치우천왕님께서 직접 가르침을 주시는 겁니까?”

　현중은 누군가에게 다시 배운다는 것에는 크게 거리낌이 없었다. 다만 상대가 치우천왕이라는 게 조금 어려울 뿐이다.

　“물론 내가 가르침을 내리는 방법밖에는 현재 없겠지. 하지만 아이야, 너는 모르겠지만 나는 이 공간을 벗어날 수 없단다. 내가 이곳을 벗어나 밖으로 나가는 순간 테일이 알아채고 나에게 달려올 테니.”

　“……?”

　“너도 만나봤지 않느냐? 너를 지구로 데리고 왔던 녀석을.”

　“아…….”

　현중은 치우천왕이 말한 테일이 바로 현중을 다시 지구로 귀환시켜 준 차원자였다는 것을 알게 되었다.

　치우천왕은 도대체 천심통으로 현중의 마음속 어디까지 읽었는지 웬만한 건 모두 알고 있는 듯했다.

　“테일 그 녀석이 카일라제와 손을 잡았으니 너 혼자서는 쉽진 않을 것이다."

최악의 조합이다.

현재는 카일라제만 해도 두통이 밀려오는 듯한데, 거기다 차원자가 카일라제와 손을 잡았다고 하니 말이다.

"카일라제는 오래전부터 테일의 도움을 받아 지구에 자신의 뿌리를 내릴 준비를 하고 있었단다. 어쩌면 내가 대륙으로 건너가기 전부터 그랬을지도 모르겠구나."

"대충 얼마나 오래되었는지 알 수 있습니까?"

현중은 조금이라도 카일라제의 의도를 알고 싶었기에 최대한 질문을 던졌다. 하지만 치우천왕도 알고 있는 것은 한정적일 수밖에 없었다.

"그건 나도 잘 모르겠구나. 우선 한곳에 신이 동시에 존재할 수 없다는 규칙 때문에, 내가 아공간 속이지만 이렇게라도 지구에 머무는 동안에는 카일라제는 지구에 발을 들일 수가 없단다. 머리가 둘이면 결국 자멸하는 것이 순리이니 말이다. 하지만 나는 차원자란다. 결국 언젠가는 떠나야 하는 존재지. 이해하느냐?"

치우천왕은 지금 현중에게 중요한 말을 하고 있었다.

치우천왕은 스스로가 신으로서의 역할을 버렸다. 그리고 차원자로 다시 거듭났다. 차원자는 질서와 함께 우주의 균형을 유지하는 역할을 해야 하는 임무가 있었다.

“떠나야 한다는 말씀이시군요.”

“그렇단다.”

치우천왕이 손을 들어 현중의 머리를 가볍게 쓰다듬었다.

마치 엄마가 자식의 머리를 쓰다듬듯 말이다.

현중도 어릴 때 부모님이 돌아가시고 나서 누군가 이렇게 따스하게 머리를 쓰다듬어 준 적이 없기에, 왠지 모르게 편안하면서도 마음이 포근해지는 것을 느낄 수 있었다.

“내가 편법이지만 이렇게 지구에 머물 수 있는 시간도 곧 끝나가고 있단다. 후훗, 이미 많이 무리를 했는지 조만간에 강제로 그분께서 나를 이곳에서 끄집어낼지도 모르겠구나.”

신의 반열에 오른 치우천왕이 그분이라고 칭하는 것은 과연 누구인가. 하지만 현중은 당장 멀리 있는 그분의 정체보다 치우천왕이 언제까지 지구에 머물 수 있는지가 중요했다.

“궁금한 표정이구나.”

현중의 모든 것은 이미 치우천왕에게 완전히 오픈되어 있는 상황이다. 현중이 원하는 생각이 모두 그대로 치우천왕에게 고스란히 전달되었다.

“네. 언제까지 지구에 머물 수 있으십니까?”

최소한 치우천왕이 지구에 머무는 동안에는 카일라제가 지구를 향해 침을 흘릴 순 있어도 직접적인 무언가를 할 수는 없다. 한마디로 카운트다운인 셈이다.

무조건 그 시간 안에 현중이 치우천황무를 완전히 자기 것으로 만들고 기다려야 했다. 그러려면 가능한 한 시간이 많이 남을수록 유리했다.

거기다 상대는 차원자와 대륙의 주신의 위치에 있는 신이다.

카일라제의 옷깃조차 건드려 보지 못했던 현중에게 당장 카일라제 하나만 해도 벅찬 상대인데 차원자 테일까지 함께 움직인다면 지구의 운명은 불을 보듯 뻔했다.

"아이야."

치우천왕은 현중의 머리에서 손을 내려 볼을 가볍게 스치듯 쓸어내렸다.

그리고 조용히 현중과 눈높이를 맞춘 다음 부드럽게 말했다.

"10년이란다. 이제 남은 시간은."

"10년……. 결코… 긴 시간이 아니군요."

자신이 80년 만에 겨우 형을 기본으로 한 치우천황무의 북두를 완료했다는 것을 생각하면 10년 안에 마나를 기본으로 한 사조성을 완벽하게 자기 것으로 해야 하는 부담감이 생긴 것이다.

그리고 지금까지 치우천황무가 북두와 사조성으로 나눠져 있는지도 몰랐던 현중이니 그 부담감이 무겁게 어깨를 짓눌

렀다.

"이곳을 나가거든 다시 나를 찾아오거라. 그리고 나에게서 완벽한 치우천황무를 완성하거라. 그리하면 카일라제의 건방진 볼기짝을 원하는 만큼 두들겨 팰 수 있으니 말이다."

"알겠습니다."

현중이 다부진 눈동자로 치우천왕을 바라보면서 고개를 강하게 끄덕였다. 그 대답이 마음에 든 듯 입가에 미소를 짓는 치우천왕이었다.

"그럼 세상 이야기를 좀 해주겠느냐? 이곳에서 천 년을 넘게 앉아 있었더니 밖의 상황이 궁금하구나."

이미 천심통으로 모든 것을 알고 있었지만 굳이 치우천왕은 현중에게서 직접 듣고 싶어했다. 현중도 그런 치우천왕에게 자신이 알고 있는 현재 지구의 모습과 사람이 살아가는 여러 가지 이야기를 해주었다.

하지만 지극히 현중을 중심으로, 그의 주변 인물들이 이야기의 대부분을 차지하는 것은 어쩔 수 없었다.

그렇게 한 시간 가까이 현중은 마치 동화를 들려주는 이야기꾼처럼 치우천왕에게 이야기를 했다. 치우천왕은 조용히 앉아서 현중의 이야기에 귀를 기울였다.

"…이게 현재까지 제가 겪은 일입니다."

"후후훗… 매정한 녀석이었구나, 넌."

"……?"

이야기를 다 듣고 난 치우천왕이 현중을 가볍게 타이르는 듯 한마디 하자 그는 무슨 뜻인지 몰라 눈을 껌뻑였다. 갑자기 매정한 녀석이라니?

"너의 주위를 서성이고 있는 여자들을 모두 모른 체할 셈이더냐?"

"…쩝."

현중도 치우천왕이 여성이라는 것을 뒤늦게 다시 상기하고는 무엇을 말하는지 대번에 이해했다. 여자 마음은 여자가 잘 아는 법이다. 아무리 신의 반열에 오른 치우천왕이지만 여성인 것은 변함이 없으니 말이다.

"그러다가 여자들의 질투와 한이 섞인 서리를 맞게 될지도 모른다."

"……."

부드럽지만 따끔한 치우천왕의 말에 대꾸할 수가 없는 현중이었다.

이미 스스로도 자신의 주위에 많은 여자들이 있고 그녀들이 관심을 보이고 있다는 것을 알고 있었다. 모른 체하고 관심이 없는 척은 했지만 그것까지 모르진 않았다.

하지만 현중이 그렇게 냉정하게 여자들을 대하는 것에는 모두 이유가 있었다.

“현중 아이야.”

“네.”

“남겨진 자의 슬픔이 두려운 것이냐?”

뜨끔!

현중은 치우천왕의 말에 순간 가슴에 따끔한 아픔을 느꼈다.

현재 현중의 수명은 측정 불가다. 치우천왕도 말하지 않았던가? 수천 년을 살아갈지도, 그보다 더 오래 살지도 모른다고. 그리고 누군가에게 죽임을 당할 현중도 아니었다.

고개를 슬쩍 돌려 버린 현중의 머리를 치우천왕은 쓰다듬었다.

“아이야.”

“……”

현중은 대답이 없었다. 하지만 아랑곳하지 않고 치우천왕은 이야기를 이었다.

“나는 내가 사랑했던 모든 사람과 행복하게 살았단다. 물론 모두 나보다 먼저 내 곁을 떠나갔지. 하지만 난 결코 후회하지 않는단다. 지금 내가 이렇게 홀로 살아갈 수 있는 힘의 바탕에는 그동안 내가 사랑했던 사람들과의 추억과 시간이 있기 때문이지.”

꿈틀.

현중은 치우천왕의 말에 어깨를 살짝 움직였지만 여전히 별다른 반응이 없었다.

"두려워 말거라. 하기도 전에 포기하지도 말거라. 그리고 상처 입고 아프더라도 손을 먼저 내밀어 보아라. 그러면 너의 손을 잡아주는 이가 있을 것이다. 지금 너의 가슴에 자리 잡은 아픔은 스스로 치유할 수 있는 게 아니란다. 그건 너도 잘 알고 있지 않느냐?"

치우천왕의 말은 그냥 말하기 좋아하는 사람들이 지껄이는 대사와 너무나도 흡사했다. 하지만 현중은 느낄 수 있었다. 말로만 떠드는 것과 그것을 몸소 겪어보고 자신의 마음을 전달하는 것의 차이를 말이다.

솔직히 현중은 더 이상 누군가가 먼저 떠나가는 것을 바라진 않았다.

현중만 홀로 남겨두고 부모가 갑작스럽게 떠나갔을 때, 이미 그때부터 현중은 가슴에 커다란 상처를 안고 살아왔다. 사랑을 해도 쉽게 치유되지 않는 그런 커다란 상처를 말이다. 그리고 마음 깊숙한 곳에 언젠가는 누구나가 떠나간다는 것을 냉정하게 인식하고 있었다.

어차피 사랑을 해봐야 결국에는 떠나가는 것이다.

이별의 형태는 여러 가지지만 결국 현중은 혼자 남을 것이다. 그 누구도 현중과 평생을 함께할 수 없을 테니 말이다. 그러다 보니 본능적으로 현중은 자신의 곁으로 오려는 여자를 거부했다.

어차피 잠깐의 가슴 떨림을 느끼는 감정일 뿐이라고 혼자서 결정 내린 것이다.

치우천왕은 그런 현중의 마음이 안타까웠다.

"…아이야, 인간은 혼자 살아갈 수 없단다. 그리고 나를 보아라."

고개를 돌리고 있는 현중의 얼굴을 잡아서 억지로 마주 보게 한 치우천왕은 현중에게 살짝 미소를 지어 보이면서 잠시 바라보았다. 그대로 현중의 머리를 양팔로 끌어안아 가슴에 현중을 품었다.

'…따뜻하다.'

현중이 치우천왕의 품에서 처음 느낀 것은 따뜻함이었다.

그가 그 따뜻함에 조금은 취해 있을 때 치우천왕이 입을 열었다.

"이 따뜻함을 잊지 말거라. 우주에 살아가는 모든 존재가 이런 따뜻함을 가지고 있으니 말이다. 나의 의지를 이은 아이야, 너는 행복하게 살아라. 힘의 유혹에 빠지지 말고 홀로 자유롭게 말이다."

마치 독백을 하듯 중얼거린 치우천왕은 그렇게 한참을 현중을 가슴에 꼬옥 끌어안고 조용히 있었다. 현중도 아무 말없이 치우천왕의 체온을 느꼈다.

부스럭.

치우천왕이 현중을 풀어줬을 때는 현중의 표정이 많이 달라져 있었다.

"보기 좋구나."

"네."

현중은 치우천왕이 무엇을 말하려고 하는지 머리가 아닌 가슴으로 이해하기 시작했다. 그 증거로 표정부터 이미 변해 있었다. 포커페이스의 표정이 제법 많이 풀어진 것이다.

벌떡.

치우천왕이 자리에서 일어서더니,

"이제 그만 돌아가서 사람들과 어울리거라."

치우천왕은 그렇게 말을 남기고 떠나가려고 하는데 현중이 치우천왕을 불러 세웠다.

"치우천왕님."

"응?"

"어둠의 차원석은 왜 숨긴 겁니까?"

아직 어둠의 차원석에 대한 이야기는 듣지 못했던 것이다.

"통로를 열 수 있는 유일한 열쇠이니까. 그리고 지금 네가 있는 이 공간도 어둠의 차원석으로 만든 공간이란다."

"……."

뭔가 생각하는 현중의 머릿속은 아주 짧은 이 순간에도 수만 가지 생각과 추리가 복잡하게 얽히고설키고 있었다.

그러다가 무언가 치우천왕의 행동과 맞물려 하나의 유력한 가설이 떠올랐다.

"설마… 카일라제는 이런 공간을 만들어서 지구에 있을 생각을 한 것 입니까?"

치우천왕이 수천 년을 머물었던 곳이다. 카일라제가 머물지 못할 이유가 없었다. 마치 작은 또 다른 세상을 보는 듯한 특이한 구성을 가진 아공간, 이 공간 자체가 하나의 세상이나 다를 게 없었기 때문이다.

"후훗, 생각하기 나름이겠지."

치우천왕은 명확한 해답은 주지 않았지만 이미 표정으로 현중의 생각이 대충 맞아들어 갔다는 것을 이야기해 주고 있었다.

"마무리되고 여유가 생기면 나를 찾아오거라."

스르륵.

그렇게 한마디만 남기고 치우천왕은 바람같이 사라져 버렸다.

현중이 주위를 두리번거리긴 했지만 이번에는 그 어디에서도 치우천왕의 흔적을 찾아볼 수 없었다.

"힘 빠지는군."

뭔가 이상하은 몸에서 기운이 빠지는 듯한 느낌이 들었다. 하지만 반대로 어깨는 그만큼 무거워졌다.

"카일라제… 그 빌어먹을 녀석이… 그런 꼼수를 가지고 있단 말이지."

고맙게도 10년 뒤에 카일라제가 스스로 지구로 왕림해 준다는 이야기까지 들었다. 지구로 넘어올 때 이상하게 마음 한구석에 남아 있던, 화장실을 다녀와서 뒤를 닦지 않은 듯한 찝찝한 마음을 청산해 줄 기회가 다가오고 있는 것이다.

물론 지구의 보통 사람들에게는 어쩌면 재앙일지도 모르지만 말이다.

"돌아가자."

더 이상 이곳에 있을 이유가 없어진 현중은 그대로 발길을 돌려 탐험선으로 이동했다.

"……?"

탐험선 선미에 다시 모습을 드러낸 현중은 아까 치우천왕의 손에 잡혀 기절해 있던 두 녀석이 정신을 차렸는지 그 자리에 그대로 앉아 있는 모습이 보였다.

"거봐. 기다리면 내가 온다고 했지?"

온몸이 새파란 녀석이 한마디 하자,

"쩝. 누가 뭐라고 했냐?"

옆의 녀석이 신경질적으로 말을 받았다.

피식~

현중은 그런 녀석들을 향해 한번 웃어주고는 그냥 그대로 주저앉아 편안하게 바다를 바라보았다.

"……."

"베인, 네가 보기에 우리 무시당한 거 맞지?"

새파란 몸과 눈동자를 가진 베인이 고개를 끄덕였다.

"차일, 아무래도 확실하게 무시당하고 있는 것 같다."

베인이 대답하자 차일은 분한 듯 현중을 무섭게 노려보았다. 어깨를 움찔거리긴 했지만 쉽게 다른 행동을 하진 못했다.

"그러다 어깨 담 결립니다."

현중이 뒤도 돌아보지 않고 작게 말하자 일순간 차일과 베인의 움직임이 멈췄다.

베인이 현중을 보면서,

"당신 누구지? 그리고 아까 우리를 기절시킨 여자는 또 누구인지 당신은 알고 있는 것 같은데 말이야."

데이비드를 보호하기 위해 호위하면서 마나의 틈에 숨어 있던 베인과 차일은 갑자기 마나의 틈으로 쑤욱 들어온 손아귀에 속수무책으로 잡혀 버렸다.

그리고 그게 기억의 끝이다.

목이 잡혔다고 느낀 순간 기억이 사라졌고, 다시 깨어보니 자신들은 탐험선의 선미 바닥에 널브러져 있었던 것이다.

치욕적인 경험이다. 지금까지 베인은 자신의 능력이 완전 무결하다고 알고 있었다. 그런데 너무나도 가녀린 검은색의 여자에게 완전히 제압당했으니 말이다.

"억울한가요?"

현중은 여전히 뒤도 돌아보지 않은 채 베일과 차일에게 말을 건넸다. 둘은 현중이 어떤 능력을 가지고 있는지 도통 감을 잡을 수가 없어서 조심스럽기만 했다.

"그… 렇다."

베인이 그나마 대답을 했지만 차일은 긴장한 채 현중을 노려보기만 했다.

"보아하니 적은 아닌 것 같은데 말이죠. 누구의 부탁으로 데이비드 곁에 머무는 거죠?"

이미 데이비드가 있는 곳에는 어디서나 저 둘의 모습을 확인했던 현중이다. 당연히 데이비드를 호위하기 위해서 있는 것 정도는 진즉에 알고 있었다. 적의도 없었고 말이다.

치우천왕에게 목이 잡혀서 굴욕적이게 기절하기 전까지는 말이다.

"적이 아니면 살기를 거두는 게 좋을 겁니다."

현중은 나직하게 경고했다.

"……"

잠시 현중의 말을 듣고도 한참을 노려보던 차일이 결국 먼저,

"쳇!"

혀를 차면서 경계를 풀었다. 그리고 베인을 향해,

"너도 그만 됐어. 어차피 우리 협박이 통할 상대도 아닌데 굳이 같은 편한테 힘써봐야 우리만 손해야."

결국 같은 편끼리 자존심 싸움을 한 꼴이 되었다.

"그보다 아까 그 여자 누군지 말해줬으면 하는데……."

베인은 여전히 자신의 능력을 가볍게 무시한 여자의 능력이 궁금하기도 하고 왠지 무섭기도 해서 물었다.

그러자 현중은 그제야 고개를 슬쩍 돌려 둘을 바라보면서,

"제 스승입니다."

"역시……."

차일은 현중의 모습을 보고는 신경질적으로 대답했다. 베인은,

"쳇, 결국… 그렇군."

자신의 능력을 꿰뚫어 본 현중을 생각하면서 그 스승에 그 제자라는 생각을 했다.

제자가 자신의 능력을 별거 아닌 것처럼 꿰뚫어 보는데 스승이 자신들을 제압하는 건 어쩌면 당연했다.

물론 객관적으로 생각하면 그렇고 직접 당해보면 기분 참

더러웠다.

"당신, 능력자인가?"

베인은 자신을 꿰뚫어 본 현중의 능력에 혹시나 자신과 같은 사이퍼즈일지도 모른다는 생각을 하고 물어봤다. 하지만 현중은 조용히 고개를 흔들었다.

"그런 능력 전 모릅니다. 그냥 조금 강한 힘을 가지고 있을 뿐이죠. 그보다 데이비드의 경호는 안 해도 되는 건가요?"

현중이 축객령 비슷하게 말하자 베인은 아직도 혼자 투덜거리는 차일의 목덜미를 잡고서는,

"그렇지 않아도 그럴 생각이요. 그리고 의뢰한 사람은 영국의 가장 높은 곳에 있는 늙은이요."

그 말만 남기고 다시 마나의 비틀림 속으로 몸을 숨겼다.

애초에 베인과 차일은 탐험선 일행에게 모습을 드러낼 이유가 없었다. 치우천왕의 돌발 행동만 아니었다면 현중과도 이렇게 이야기할 이유가 전혀 없는 사이였던 것이다.

덜컹!

"……?"

드디어 혼자만의 시간을 가지게 된 현중이 다시 조용히 바다를 바라보려고 하는데 마리아가 밖으로 나와서 주위를 두리번거리더니 현중을 발견하고는 곧장 다가왔다.

"현중 씨는 여전히 이곳에 있네요?"

　현중을 찾을 때면 누구나 탐험선의 가장 앞에 있는 선미를 먼저 찾아보았다. 그만큼 현중은 대부분의 시간을 탐험선의 선미에 앉아 있는 경우가 많았다.

　찰그락!

　현중의 곁으로 다가온 마리아는 무언가를 현중 앞에 내밀었다. 바로 쇠꼬챙이를 나름 다듬어서 만든 젓가락이었다.

　“제 선물이에요.”

　마리아는 현중이 준 젓가락은 이미 그대로 자신이 계속 쓸 생각이었기에 아예 새로 만들어서 현중에게 선물 겸 해서 돌려준 것이다.

　그런 마리아의 모습에 각자 자신만의 젓가락을 만들어야겠다는 생각이 번졌는지 모두 밥 먹다 말고 젓가락 만들기에 바쁘게 움직이고 있는 중이었다.

　상황이 이렇다 보니 때 아니게 꼬치용 쇠꼬챙이가 남아나질 않고 있는 중이기도 했다.

　베이스퍼는 검강으로 쇠꼬챙이를 다듬기 시작했고, 그 모습을 본 용병 다섯 명은 베이스퍼의 곁에 찰싹 붙어 친한 척하면서 자신의 젓가락을 만들기 위해 약간의 아부를 섞어서 꾀는 중이었다.

　알렉산드로는 뭐 굳이 그렇게까지 하지 않아도 되었지만 용병들의 눈에 띄면 피곤해질 것 같아서 일부러 혼자 낑낑거리는 척하면서 조용히 젓가락을 만들고 있었다.

"마음에 들어요?"

마리아는 조용히 현중의 눈치를 살피면서 물었다. 현중의 평소 성격상 마음에 들지 않으면 그냥 대놓고 별로라고 하고 말할 성격이기 때문에 더욱 조심스러울 수밖에 없었다.

착착!

현중은 마리아가 준, 보기에는 좀 엉성하지만 나름 정성이 담긴 젓가락을 사용해 보고는 웃으면서,

"좋은데요. 길이도 적당하고. 고마워요."

현중은 다음에도 꼬치용 쇠꼬챙이를 대충 손대서 먹을 생각이었는데 굳이 그러지 않아도 된다는 것이 마음에 들었다.

"정말요?"

그런데 의외로 마리아의 반응이 폭발적이다. 지금의 상황에 이 정도면 충분히 고마워할 일이기에 그렇게 말했을 뿐인데, 마리아는 마치 커다란 선물이라도 받은 것처럼 얼굴이 활짝 펴진 것이다.

처음이다. 마리아가 이렇게까지 무언가에 기뻐하는 표정을 현중이 본 것은 말이다.

그리고 그런 마리아의 표정과 조금 전 치우천황이 했던 말이 오버랩 되면서 현중은 마리아에게 조용히 웃어 보였다.

"고마워요."

"…아, 아니에요. 제가 뭘……."

갑자기 현중이 부드럽게 고맙다고 인사하자 당황한 마리
아는 어쩔 줄 몰라 하더니 벌떡 자리에서 일어나,

"이만… 슬슬 메로우가 깨어날 시간이 되었네요."

황급하게 현중의 곁을 벗어나 선실로 들어가 버렸다.

『현중 귀환록』 8권에 계속…

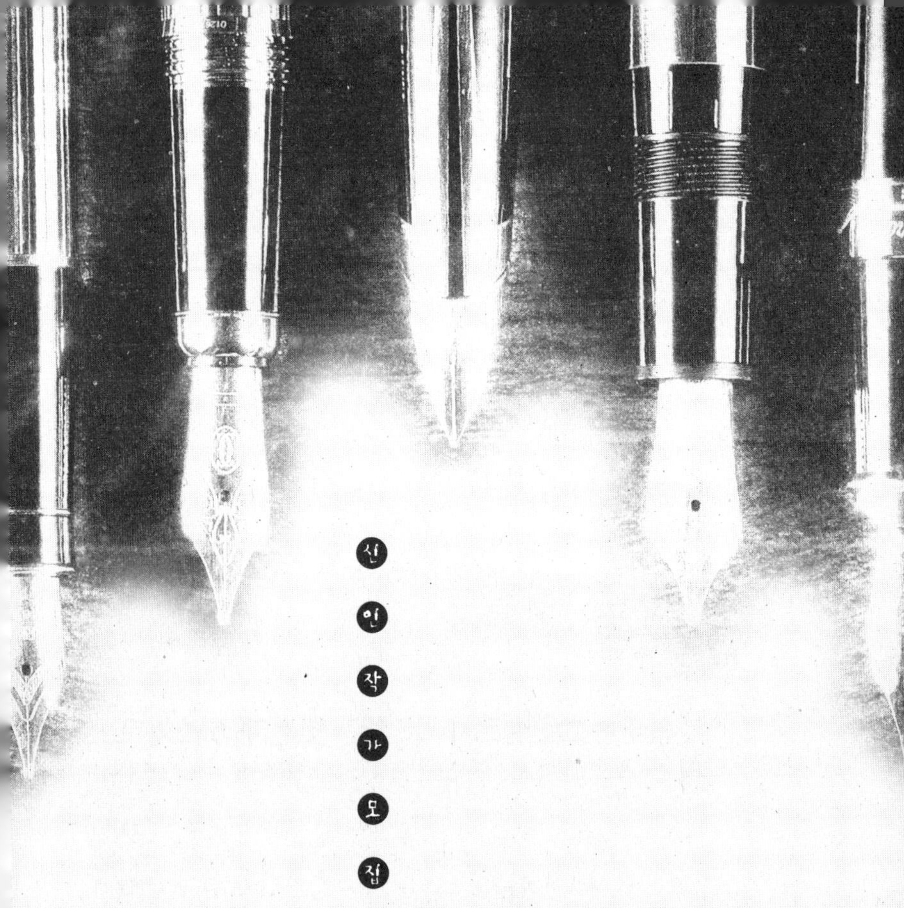

신
인
작
가
모
집

시작이 반이라고 했습니다.
작가의 길에 대한 보이지 않는 벽을 과감히 깨뜨리십시오!
청어람은 작가 지망생 여러분들의
멋진 방향타가 되어드리겠습니다.

저희 도서출판 청어람에서는
소설 신인 작가분들을 모집합니다.
판타지와 무협을 사랑하시는 분들의 많은 참여를 바랍니다.
소정의 원고(A4용지 150매)를 메일이나 우편으로 보내주시면
검토 후 출판 여부를 알려드리겠습니다.

주소:경기도 부천시 원미구 심곡2동 163-2 서경B/D 2F 우편번호 420-822
TEL:032-656-4452 · FAX:032-656-4453
http://www.chungeoram.com
e-mail:chungeoram@chungeoram.com

斷月劍帝
단월검제
강태훈 新무협 판타지 소설

태클 걸지 마!

무람 장편 소설

우리가 기다려 왔던 신개념 소설!

말년 병장 김성호!
"어이, 김 병장. 놀면 뭐하나?"

떨어지는 낙엽도 피해야 하는 시기에 삽 한 자루 꼬나 쥐고
녀석을 캐는 꼬인 군 생활의 참중인!

『태클 걸지 마!』

낡은 서책과 반지의 기적으로 지금껏 모르던 새로운 힘을 깨달아간다!

불운한 삶은 이제 바뀔 것이다. 내 인생에 더 이상 태클은 없다!